KEITAI
SHOUSETSU
BUNKO
野いちご SINCE 2009

無気力なキミの
独占欲が甘々すぎる。

みゅーな**

○ STARTS
スターツ出版株式会社

イラスト／Off

わたしたちのカンケイは
　周りが思っているより、かなりこじれていて……。

「……答えたくないから、その口塞（ふさ）いでいい？」

　誰（だれ）よりもそばにいて、お互（たが）いが求め合っているのに、
　想いが交（まじ）わることはなくて……。

「俺（おれ）が冬花（ふゆか）じゃなきゃダメなように、
　冬花も俺じゃなきゃダメになればいいのに」

　突き放（はな）そうとしても、甘（あま）い言葉で引き寄せて。
　強がってばかりで、いつも素直になれない。

「夏向（かなた）なんて、大っ嫌（きら）い……っ」

　でも結局、求める相手はいつも同じ。

「……ぜったい、放してやらない」

無気力なキミの独占欲が甘々すぎる。
登場人物紹介

大好き

鈴本 冬花 (すずもと ふゆか)
恋愛に不器用な高校2年生。両親が共働きでほとんどいないため、家事が得意でひと通り自分でこなしている。同じような境遇の夏向に出会い、強く惹かれる。

厄介な先輩

親友

水林 樹里 (みずばやし じゅり)
冬花のクラスメイトで親友。美人でモテる上に、しっかり者。少し派手に見られがちだけど、冬花の相談に乗ってくれる、優しくてお姉さん的な存在。

contents

☆

Chapter.1

曖昧	10
偽り	20
出会い	30

Chapter.2

拒否	58
優しさ	75
嫉妬	86
駆け引き －side夏向－	95

Chapter.3

逆転	100
甘い熱	114
気のせい	130
想い出	151

Chapter.4
波乱	162
告白	175
仕返し	187
彼女	202
甘さだけじゃ	221

Chapter.5
欲しいもの	234
誘惑	243
ヤキモチ	256
独占欲	267

あとがき	274

Chapter. 1

曖昧

　季節は5月の下旬(げじゅん)。
　高校2年生になって、1ヶ月と少しが過ぎた。
　いつもと何も変わらない放課後。
　変わったといえば、廊下(ろうか)の窓から見える桜がすべて散(ち)ってしまい、今は緑の葉が茂(しげ)っていることくらい。
　季節の変化をボーッと観察していたわたし、鈴本(すずもと)冬花は、ホームルームが終わって、家に帰ろうとしていた。
　いつもどおり廊下を1人で歩いて、下駄箱(げたばこ)へ向かう。
　ローファーに履(は)き替(か)えて帰ろうとした、そのときだった。
　スカートのポケットに入っていたスマホが、短く音を鳴らした。
　まるで狙(ねら)ったかのように、タイミングが絶妙(ぜつみょう)だ。
　その音を聞いてため息が漏(も)れそうになるのは、いつものこと。
　学校が終わったこのタイミングでメッセージを送ってくるのは、1人しかいない。
　ほんとなら無視するはずで、既読(きどく)なんかつけたくもないし、返信もしたくない。
　胸のうちではそう思っているくせに、気づけばポケットからスマホを取り出していた。
　画面に表示されていた差出人の名前は予想どおり。
　──木咲(きさき)夏向。

メッセージは、たったひと言。
【今からウチ来て】
　……また、これだ。
　どうせ、わたしじゃなくてもいいくせに。
　ただの気まぐれに巻き込まないでほしいと思いつつ、既読をつけてしまったので、何か返信をしなければいけない。
　スマホの画面を見たまま固まっていると、返信を催促するように新たなメッセージが表示された。
【さびしいからそばにいて】
　……自分勝手。
　いつも、いつも、夏向は自分の気分次第で呼びつけて、こっちの都合なんて気にもしない。
　そして夏向のずるいところは、わたしが自分のもとに来ると確信を持っているところ――。
　誘いにのってはいけないって頭ではわかっているのに、毎度のごとく会いに行くわたしは、本当に学習能力がない。
　けど、こればかりは仕方ないのかもしれない。
　自分が好きな相手に求められて、それに応えたくなってしまうのは……。
　既読をつけたまま返信せずに、ある場所へ向かった。

　学校から歩くこと10分。
　住宅街に入り、目的の家の前に着いた。
　インターホンなんか鳴らさずに、玄関の扉に手をかける。
　鍵はかかっていなくて、ガチャッと音を立てながら扉が

開いた。このご時世、なんて不用心なんだと思う。
　無駄に広いこの家には、初夏でも冷えきった空気が流れている。
　ちなみに、ここはわたしの家ではない。
　人さまの家に勝手に入るのってどうなの？って思われるかもしれないけど、その心配ならいらない。
　だってここは、さっきメッセージを送りつけてきた夏向の家だから。
　玄関のすぐそばにある階段を上り、いちばん奥の部屋の扉を開けた。
　電気もつけず、カーテンも閉めきっているせいで、中は薄暗い。
　扉から少し奥に目を向けると、ベッドに寝転びながら、スマホを横の画面にして、ゲームをしている夏向の姿を見つけた。
「あー、また負けた」
　どうやら最近ハマッているゲームに負けた様子。
　今日は平日で、学生であれば普通は学校に行く日。
　それなのに、サボって家でゲームをしているなんて、不真面目にもほどがある。
　そのくせ生まれつきの才能なのか知らないけれど、授業を受けていないくせに、それなりに上位の成績をキープしているところが気に食わない。
　わたしは毎日ちゃんと授業を受けて、課題をやっているっていうのに。

すると、さっきまで夢中で見ていたスマホをベッドに放って、入り口に立っているわたしのほうを見た。
　夏向はいつも無表情。
　どこかさびしそうで、孤独を感じさせる……。
　表情は冷たくて色はないけれど、誰もが羨むようなきれいな顔立ち。
　色素が薄い瞳。
　明るめに染まったブラウンの髪。
　片耳に光る青色のピアス。
　その辺にいる同世代の男の子なんて、比べものにならないくらいの完璧なルックスの持ち主。
「返信ないから来ないかと思った」
　……嘘つき。
　来るって確信していたくせに。
　その証拠に顔に書いてあるし。
　それに、わたしが夏向に呼ばれて来なかったことないじゃん。
　どうせ拒否したら、『じゃあ、他の子に相手してもらうからいーよ』って言うのは目に見えているから。
　返信はしなかったけど、"行かない"という選択肢はなかった。
　夏向が他の女の子に触れて、触れられるのはぜったいに嫌だから……。
「何か用事があって呼んだの……？」
「んー、別に用事はないけど。さびしいから相手して」

身体を起こして、わたしのほうに向けて両手を広げて待っている姿に無性に腹が立った。
　きっと、わたしが夏向の彼女なら、こんなに腹が立つことはない。
「……っ、そんなの彼女に頼めばいいでしょ」
　彼女がいるくせに、平気でわたしを求めてくるなんて、どうかしてる。
　まあ、彼女というより遊び相手っていったほうがいいかもしれない。いつもころころ変わるから。
　正直、今の夏向の彼女がどんな人かなんて知らない。
　年上の美人系の人なのか、年下で可愛い系の人なのか。
　そんなこと知りたくもない。
　知るだけ損だ。
　自分を苦しめるだけなのだから。
　彼女にするのは誰でもいいくせに……。
　それなのに夏向は、わたしを彼女にしてくれることはない……。
　わたしたちは、友達というラインはとっくに越えているのに、恋人ってわけでもない。
　わたしは夏向のことが好きだけれど、夏向の気持ちがわたしにあるのかは、出会った頃から今までわからない。
　そもそも、このおかしな関係が成り立つようになってしまったのは、もとをたどればわたしが原因だったりするんだけれども。
　だから、あまり強く言い返すことができない。

「俺は冬花がいいって言ってんの。早くこっち来て」
「っ……」
　夏向に求められると、断ることができない自分がとてつもなく嫌い。
　夏向は、多分わたしのことを好きなわけではない。
　ただ、さびしさを埋めてくれる都合のいい女って思っているくらいで。
　自分の言ったことに、必ず従うわたしを手放したくないだけ……。
　ベッドに座っている夏向の目の前に行って、その場に立ったまま少し下に目線を落とす。
　相変わらず整った顔……。
　きれいな瞳をしているのに、その瞳はいつもさびしそうに揺れている。
　この目を見ると、なぜか自分と重ねてしまって、胸がギュッと苦しくなる。
　近づいたわたしの手に、夏向のひんやりとした冷たい手が触れた。
　そのまま軽く腕を引かれて、思わずベッドに片膝をついたら、ギシッと軋む音がした。
　さっきよりも近づいたから、お互いの顔がほぼ目の前にあって、わたしの長い髪が夏向の前で揺れる。
　その髪に指を絡めてきて、耳に自然な感じでかけてきた。
「……俺さー、冬花の長い髪好き」
「……っ、知ってるよ」

「いつも俺の好きな甘い匂いする」
 だいぶ前に、夏向が長い髪が好きだって言ったから。
 それ以来、髪を切りに行っても髪型を大胆に変えることはなくなって、ずっとロングのまま。
 いつもつけるヘアミストだって、夏向が好きって言ったから同じものをずっと使っている。
 そんなこと、夏向は知らないだろうけど……。
 わたしってほんとに単純だ。
「冬花に触れていいのは、俺だけだもんね」
 夏向の長い腕が背中へ回ってきて、そのままわたしをグッと引き寄せた。
 身体のバランスを崩して、そのまま夏向の胸に飛び込んだせいで、クラッときた。
 夏向に触れられて、夏向の体温を感じて。
 尋常じゃないくらい胸の鼓動が速くなる。
「……冬花」
 耳のそばで、ささやくように名前を呼ばれたから、吐息がかかってくすぐったい。
「……やっ」
 思わず声が漏れて、夏向の背中に回していた腕に力が入った。
「そんな力入れなくていいじゃん。ぜんぶ俺にあずけなよ」
 声が耳元で聞こえたと同時に、身体が一瞬ふわっと浮いて、ベッドに押し倒された。
 上から覆い被さって、わたしを見下ろしてくる視線にゾ

クゾクする。

　何も言わずにその顔を近づけてきたので、少しだけわたしは顔を横に向けてしまった。

　そんなわたしの様子を見て、夏向が少し不満そうな顔をした。

「……今日はそーゆー気分じゃない？」

　ほんとに……何もわかってない……っ。

　こっちがどんな気持ちでいるか、少しはわかってよ。

　他の子をそっちのけにして、平気でわたしを求めて会いたがるくせに……。

　どうして、夏向はわたしを"いちばん"にしてくれないの……っ？

　なぜかわたしばっかりが、夏向のことでいっぱいで。

　こんなに、こんなに好きなのに……。想いはいつも一方通行。

　夏向のことになると、気持ちが冷静じゃいられなくなる。

　それこそ、理性ってやつがぜんぶ飛んで、自分を見失いかけるほど……目の前の夏向でいっぱいになってしまう。

「何も言わないなら、俺のしたいようにするけど」

　夏向はそう言いながら、わたしの制服のリボンをシュルッとほどいた。

「ま、待って……っ」

　その手を止めるために声をあげた。

　それと同時に、夏向の手がピタッと止まる。

「……何？」

だけど、止まったはずの手が、今度はわたしの手に触れて、指を絡めてきた。
　その手を握り返すことができないまま、声を振り絞る。
「夏向は……わたしのこと好きじゃないの……っ？」
　小さく、ひとり言のようにつぶやかれた自分の声。
　だけど、静かなこの空間には充分すぎる大きさだった。
　わたしの問いかけに、夏向は表情ひとつ変えようとしないし、何も言わない。
　多分……内心面倒くさいって思いながら、わたしが期待する言葉は返してくれない。
　今まで、こんなふうに気持ちを確認するようなことはしなかったから、今さらって思われているかもしれない。
　気持ちなんて、わたしたちの関係にはないようなものだと、割り切った関係のようだと思っているだろうから。
　その証拠に夏向は、何もためらうことなく、わたしの目を見てはっきりと――。
「……答えたくないから、その口塞いでいい？」
　なんて都合のいい返事だろう。
　そんなに難しい選択を迫ったわけでもないのに。
　すぐに夏向の唇が押しつけられた。
　その反動で、さっきまで指を絡められていただけだった手に力が入って、握り返してしまった。
　それに気づいた夏向は、さらに深くキスをしてくる。
「今は俺のことだけ考えてればいいじゃん。気持ちなんて知らなくていいんだよ」

この手を振りほどいて、逃げ出せたらいいのに……。
　結局は、夏向の甘さに流されてしまう自分が、いちばん嫌いだ——。

偽り

翌朝……。

カーテンから少し光が入ってきて目が覚めた。

わたしの身体はタオルケットにくるまれていて、さらにその上から夏向が包み込むように抱きしめていた。

あれから夏向の腕の中で、いつ意識を手放したのか覚えていない。

気づいたら朝を迎えていたというこのパターンは、よくあること。

壁にかかった時計で時間を確認すると、朝の6時半。

これからだと、家に帰って支度をする時間はなさそう。

仕方ない……ここから学校に行こう。

夏向は、さっきからスヤスヤと気持ちよさそうに眠っていて、起きる気配がない。

多分、今日も学校をサボるつもりなんだろうな……って考えながら、ベッドを出ようとしたとき。

「……ん、ふゆ……か」

せっかく起き上がったのに、かすれた声とともに腕をつかまれて、再び夏向の腕の中に戻された。

今の夏向は何も着ていない状態に等しくて、素肌が触れ合って、お互いの体温を直に感じる。

「か、かなた……？　起きてたの……？」

「……んー、寝てたけど冬花が俺から離れた気がして目が

覚めた。まだ離れたくないのに」
　こういうことを平気で言ってくるのは計算なのか、それとも天然なのか。
　どちらにしても、わたしをドキドキさせるには充分すぎる、魔法のような甘い言葉。
「わたし学校あるから……もう準備しないといけな──」
「俺が冬花から離れたくないって言ってるのに？」
　ほんとに、夏向のずるさっていうのは底が知れない。
　それにまんまとハマるわたしも、どうかしている。
「そ、そんなわがまま言わな──」
「冬花にしかわがまま言わない」
「っ……」
　"冬花にしか" なんて……。
　夏向は、何を言ったらわたしが自分のいうことを聞くか、すべてわかった上での言葉選びが絶妙にうまい。
　だけど、残念ながら夏向のように学校をサボるなんてことはできない。
　無断欠席なんて、不真面目だし。
　万が一、親にバレてもとくに干渉しないので、そこは問題ないけど。
　わたしの両親は共働きで、ほとんど家には帰ってこない。
　夏向の両親も同じように家を空けている。
　もちろん、こんな関係は親にはぜったい言えない。
　いくら干渉しないとはいえ、まだ高校生だっていうのに、彼氏でもない男の家に泊まっているなんて知られたくない。

「学校……ある、から」
「まだ時間あるじゃん」
「準備したいの……。シャワーも浴びたいし」
　さすがに何もしないまま学校に行くことはできないので、せめてそれくらいの時間は与えてほしい。
「……ふーん。んじゃ、俺もガッコウ行こうかな」
「え……、今日は行くの？」
「ただの気分。飽きたら帰るけど」
　そう言うと、夏向はベッドから起き上がった。
「じゃ、じゃあシャワー借りるね」
「ん、どーぞ」
　こうして、最低限の準備をすませたわたしと夏向は、久しぶりに２人で学校に向かうことになった。

　通学路の途中、ほとんどの人がこちらを見ながら、ヒソヒソと何かを話している。
　まあ、そのほとんどの人っていうのは、わたしたちの学校の生徒なんだけど。とくに女子たち。
　多分、夏向の隣にいるわたしの存在……というか、関係が気になるんだろうけど。
　実際、わたしと夏向の関係は、こうしてよく一緒にいるわけだけど、恋人同士ではない。
　だけど、明らかに友達なんて関係じゃないことを、周りはなんとなく察していると思う。
　いちいち周りの目を気にしているのも疲れるので、気に

かけないフリをして歩いた。
　肝心の夏向はわたしの隣でゆったり歩きながら、女子たちの視線にも、会話にも気づいていない。
「ちょっと、ちゃんと歩いて」
「……歩くのだるい」
「だからって、わたしにもたれかかってこないで」
「だって隣に冬花しかいないし」
　こんな光景を、彼女に見られたらまずいとか考えないんだろうか。
　って……そんな心配をする以前に、それ以上のことをしているから考えても無駄か……。

　そのまま学校に到着し、教室に向かうために夏向と廊下を歩き出そうとしたとき、ある人が視界に入ってきた。
「あ、おはよ、冬花ちゃん」
「おはようございます……、黒瀬先輩」
　わたしの存在に気づくと、すぐにこちらまでやってきたのは、——黒瀬佑都。1つ上の先輩。
　黒い髪がよく似合う、黒ぶちのメガネをした、見た目はとても真面目そうな人。
「んー、黒瀬じゃなくて佑都でいいっていつも言ってるのにね」
「慣れてないんです、男の人を下の名前で呼ぶの」
「へー、隣にいる木咲夏向くんだっけ。彼のことは呼べるのに？」

黒瀬先輩の見た目の真面目さは、ただの仮面みたいなもので、性格は夏向までとはいかないけど、難ありな感じ。
　女にだらしがないとよく噂を聞く。
　少し前から、わたしに絡んでくる厄介な人。
　どうしてかというと、先輩がわたしに興味を持っているから。
　興味っていっても、好きだからとかじゃなくて、単純にわたしが変わり者で面白そうだから、と前に言われた。
　多分、黒瀬先輩は、わたしが夏向を好きだってことに気づいている。だからか知らないけれど、余計興味がわいたのか、姿を見かけるたびに声をかけてくるようになってしまった。
　おまけに、冗談なのか本気なのかわからない告白まで受けてしまい……。
『俺さー、クズ要素が入ってる女の子好きなんだよね。俺たちお似合いじゃない？　付き合ってみる？』なんて言われる始末。
　仮にも女の子に対してクズ発言は失礼すぎるけど、なぜかわたしも黒瀬先輩とは似たようなものを感じるせいで、お似合いっていうのは否定できないかもしれない。
　まあ、そんな気持ちで付き合うのをオーケーするほど、わたしだって軽い女じゃない……はず。
　だから断り続けているのに、いまだにつきまとってくる厄介な先輩。
「２人ってさー、付き合ってるわけじゃないんだよね？」

黒瀬先輩はわたしを見ながら言ったけれど、答えを夏向に求めているような聞き方だった。
　返答に困りながら横目で夏向のほうを見るけれど、相変わらずだるそうにして何も答えようとしない。
　どうせなら付き合ってないって、はっきり関係を否定してくれればいいものを、肯定もせず否定もしない。
　曖昧すぎる関係に、ため息が漏れそうなのを抑えながら、『付き合ってません』って答えようとしたときだった。
「……冬花は俺のなんで、手出さないでもらえません？」
　やっと口を開いたかと思えば、これまた誤解を生むようなことをさらっと言うから、頭を抱えたくなる。
「ふーん、"俺の"ね。木咲くんって彼女いるんじゃなかった？　彼女いるくせに、この子にも手出すなって？　勝手なこと言うねー」
　勝手なこと……これに関しては否定できない。
　黒瀬先輩の嫌味を含んだ声にも動じない夏向。
「別に……勝手でも、そっちにはカンケーないんで」
「へー、じゃあ俺と冬花ちゃんに何かあっても、キミにはカンケーないよね」
「……」
「ちょっと冬花ちゃん借りるから」
　そう言うと、黒瀬先輩はわたしの手を引いて、急に走り出した。
　去り際に夏向のほうを見たけれど、目すら合わず、引きとめてくることもなかった。

心のどこかで抱いた、夏向がわたしを引きとめてくれるかも……なんて甘い期待は、あっけなく裏切られた。

　黒瀬先輩に連れてこられたのは、今はあまり使われていない空き教室。
　そのまま中に連れ込まれて、ガチャッと鍵をかけられた。
「さー、連れてきちゃった。どーしよっかなー」
　困っているような口ぶりだけど、どう見ても困っているようには見えない。
　その証拠に、わたしを壁際まで追い込んで、簡単に逃げ場を奪うようにしたのだから。
「できれば、放してもらえるとありがたいんですけど」
「んー、それは無理かなー。逃げるようなら力ずくで、もっと逃げられないようにしちゃうけど」
　ニコッと笑いながら、自らのネクタイに指をかけているこの先輩はとても危険な人。
　つくづく思うけど、わたしの周りにいる男はなんでこうも厄介な人ばかりなんだろう。
　夏向といい、黒瀬先輩といい。
「この状況で、まさか俺が何もしないと思う？」
「……それはわたしには、わかんないです」
「へー、ずいぶん冷静だね。何されるかわかんないのに」
「抵抗するほうが身の危険を感じるので」
「よくわかってんじゃん。賢いね、冬花ちゃん」
「ここで褒められても嬉しくないです」

すると、遅刻決定を知らせるホームルーム開始のチャイムが鳴った。
「じゃあ、そんな賢い冬花ちゃんに選択肢をあげるよ」
「……？」
「どうしても今すぐここから出たかったら、俺と付き合うってのはどう？」
「だから、付き合えないって言ってるじゃないですか」
「じゃあ、今すぐ俺のしたいようにしていいんだ？」
「……なんですか、その究極の選択肢」
「冬花ちゃんが選べるように、二択にしてあげたのに？」
「どっちも脅しじゃないですか」
　この状況で、冷静に会話をしている自分ってすごいかもしれない。
　何をされてもおかしくないっていうのに。
「いいじゃん、俺と付き合うって選択で」
「話ぶっ飛んでますよ」
　もう、ほんと手におえない。
　ここで付き合うことを了承してもしなくても、どっちにしろ黒瀬先輩の思うつぼ。
「冬花ちゃんさ、木咲くんのこと好きなんでしょ？」
「……」
「けど付き合ってない。でも恋人みたいだよねー。これだって木咲くんがつけたんでしょ？」
　わたしの首筋に残る紅い跡を指さして言った。
「やること大胆だよねー。しかもわざと目立つところにつ

けてるし。こんなの見せられたら、ますます欲しくなっちゃうなー、冬花ちゃんのこと」
「も、もう放してくださ——」
「じゃあ俺と付き合おうよ」
「な、なんでそうなるんですか」
「いいじゃん別に。木咲くんだって、彼女いるのに冬花ちゃんに手出してるんだし。俺も混ぜてよ」
　何この人。変わり者すぎない？
　前から変な人だとは思っていたけど、今の発言でさらにその思いが増した。
　いったいどういう神経してんだって。
「形だけでいいから付き合うことにしない？　もしかしたら、木咲くんの気持ちがわかったりするかもよ？」
　悪魔のささやきに、気持ちがグラッと揺れた。
　夏向しか見ていないわたしは、今まで他の人と付き合ったことはない。
　夏向も、わたしが他の人と付き合うなんて、考えたことないと思う。
　もし、黒瀬先輩と付き合うことになったと告げたら、どんな反応をしてくれるだろう。
　試したくなる気持ちが、より一層強くなっていく、自分の悪い心。
「冬花ちゃんの嫌がることはしないって約束するよ。俺、彼女にはとびきり優しくするタイプだし？」
　どの口が言ってんだ。

胡散臭いような気がしかしないけど。
「……わかり、ました」
　もうこの際、試したっていいじゃない。
　それに、いつまでも夏向に執着していたら、らちがあかないから。
「じゃあ、せっかく彼女になったんだから、黒瀬先輩はやめよーか」
「……じゃあ、先輩だけでいいですか」
「ははっ、いい度胸だね。そこは佑都先輩でしょ」
「……佑都先輩」
「珍しく聞き分けがいいじゃん」
「呼ばないと何されるかわかんないんで」
「よくわかってるね」
　──あぁ、わたしほんとに何やってんだ。

出会い

　そもそも、わたしと夏向の、この歪んだ関係が成り立ってしまったのは、1年前にさかのぼる。

　高校1年生の夏休み中。
　日付は8月20日。
　わたしの16歳の誕生日だ。
　日付が変わった12時に、仲のいい友達数人からお祝いのメッセージがスマホに届いた。
　休み期間中なので、直接お祝いしてもらえないのは仕方ない。
　今日は何もする気が起きず、ずっと部屋にこもっていて、気づけば夜の9時を過ぎていた。
　自分の部屋のベッドに寝転びながら、今日スマホに届いたメッセージをスクロールさせて見返す。
　電気もつけず、暗闇でスマホの光を見ているせいで、少し目が痛い。
　誕生日は毎年1人で過ごすことばかり。
　幼い頃、一緒にお祝いしてくれていた両親は、今はもういない。
　いつしか、2人とも仕事人間になってしまって、家に帰ってくることは少なくなった。
　家庭内は完全に冷めきっている状態。

小学校を卒業するまでは、さびしくてさびしくて仕方なかった。けれど、今はもう1人でいることに慣れたといえば慣れた。

　それなのに毎年この日が来ると、嫌でも幼い頃の記憶が鮮明によみがえってくる。

『冬花も16歳になったらお嫁さんにいけるんだなー。パパは冬花がお嫁さんにいったら悲しいぞー？』

『やだ、パパってば、冬花はまだ6歳よ？　気が早いわよ』

『いやー、10年なんてあっという間だよ。でも冬花は、将来パパと結婚するんだもんなー？』

『どんな子に育つか楽しみね』

『冬花の16歳の誕生日は盛大にお祝いしないとな』

『ふふっ、そうね』

　この会話から10年経った今日。

　わたしの周りには、温かくて優しく笑いかけてくれていた両親はいない。

　2人とも今では、わたしの存在なんかないものとしていると思う。

　気づけば両親が学校の行事に来てくれた記憶は、ほとんどない。

　入学式や卒業式だけは、お父さん方のおばあちゃんが出席してくれていた。

　小さい頃は毎日家に家政婦さんが来て、身の回りの世話をしてもらっていた。

　高校に入学してからは、1人で大丈夫だと両親に伝え

て、今は身の回りのことは自分でやるようになった。

　正直、自分の世話を家族以外の人にやってもらうことに抵抗があった。

　変に気を使って疲れるし。

　寝ていた身体を起こし、リビングに向かうと、気温は高いはずなのに冷えきった空気が流れていて、明かりなんてものはない。

　電気をつけると、テーブルの上に雑に置かれた現金が目に入る。いつもの生活費だ。

　これを見るたびに、こっちがどれだけ虚しい気持ちに襲われるのか、考えたことあるんだろうか。

　きっと、わたしが部屋にこもっている間に、お母さんが帰ってきて置いていったに違いない。

　娘の誕生日に現金だけを置いて、"おめでとう"のひと言も残していかない、無神経な両親に無性に腹が立った。

　別にお祝いなんてしてくれなくていいから、せめて誕生日くらいは覚えていてほしかったと……。

　なんだか、この家の空気を吸うのが嫌になり、気づけば外に飛び出していた。

　夜だっていうのに、暑さが抜けず、むしむしとしている中を歩いて15分。

　子どもの頃よく遊んでいた、小さな公園にやってきた。

　最後にここに来たのは小学生のとき。

　遊具とか目に見える景色は、そんなに変わっていない。

　ただ遊具の塗装が剥げていたり、錆びていたりして、触

ると鉄くさい。
　懐かしい気持ちに浸りながら、そばにあったブランコに座ると、ギイッと錆びた音がした。
　地面を軽く蹴ると、身体がふわっと揺れる。
　ブランコの錆びた鎖を両手で握りながら、夜空の星を見上げる。
　雲ひとつない夜空に、きらりと輝くいちばん星。
　でも、きれいに見えるはずの輝きは、目にたまる涙のせいで霞んでしまう。
　視界はゆらゆらと揺れ、雫がツーッと頬を伝う。
　変なの……。
　さびしいわけじゃないのに、わけもなく泣きたくなって、涙が止まらない。
　別に、誰かにそばにいてほしいなんて……。
　そんな気持ちは、とうの昔になくなったと思っていた。
　地面に足をついて下を向くと、ポタポタと雫が落ちて、砂の上に染みができる。
　自分でも、どうしてこんなに泣いているのか、まったくわからない。
　さびしいなんて、孤独なんて……。
　もしかしたら心の片隅に残っていたたくさんの気持ちが、今になって懐かしい記憶とともに、出てきてしまったのかもしれない。
　いい加減に泣きやんで、家に帰ろうとしたときだった。
　下を向いて泣くわたしの前に、大きな影が重なった。

「……こんな遅い時間にそんなところに1人でいたら、変な人に連れていかれるよ」
　低く、落ち着いた声に反応して顔を上げた。
　暗闇を照らす月明かりのおかげで、声をかけてきたのが男の子だってよくわかる。
　視界が涙のせいで霞んでいるはずなのに、わたしの瞳に映る彼の顔はとてもきれいだった。
「……すごい泣き顔」
　まるで物珍しいものを見るように、顔をまじまじと見つめてくる男の子。
　あれ……この人の顔、なんとなくどこかで見たことがあるような……。気のせい、かな。
　何も言わないわたしに、呆れて帰るのかと思いきや、彼は隣の空いているブランコに座った。
「ブランコってさ、子どもの頃を思い出すよね」
　チラッと横目で彼を見れば、その瞳は夜空を見上げつつも、ひどく悲しそうな色をしていた。
　なぜだろう……この人とは何か近いものを感じる。
　だから、素直に今思っていることを口にした。
「子どもの頃の記憶なんて、思い出したくもない……」
「ヘー、気が合うね。俺も一緒」
　さびしさとか、孤独とか、そんな言葉でまとめたらいけないように思えるくらい、彼は表情に色がないし、声のトーンも感情がこもっていない。
「今日だけ……さびしくなって、ここに来たの……」

「へー、なんでさびしいの？」
「わたし、今日誕生日なの」
「おめでとう」
「反応薄いよ」
「おめでとうって言ってんじゃん。そこは素直にありがとうでしょ」

　初めてとは思えないくらい、気軽に話せてしまうのが不思議。

「わたしね、夏生まれなのに、冬生まれみたいな名前なの」

　気づいたら自然と泣きやんでいて、全然関係ない話をしていた。

　多分、わたしのことなんて興味ないだろうし、相手にされないと思ったのに。

「……なんて名前なの？」

　意外と興味を持ってくれたのか、それとも気を使ってくれたのか、会話を続けてくれた。

「……冬の花って書いて、冬花」
「へー、季節逆だね」

　遠慮(えんりょ)なくはっきり言われて地味にグサッときたけど、次に彼が口にした言葉に驚(おどろ)く。

「まあ、俺も似たような感じだから人のこと言えないけど」
「え……？」

　相変わらず夜空を見上げたまま、こちらに目を合わせようとしない。

「冬生まれなのに、全然冬生まれっぽくない」

「なんて名前なの……?」
「夏に向かうって書いて、夏向」
「季節逆だね」
「それさっき俺が言ったし」
「そうだね」
　面白くて、ふふっと笑えば、さっきまで横顔だった彼が急にこちらを向いた。
　そして、わたしと同じように軽く笑いながら言う。
「俺たちってなんか似てるね」
　なぜか、この言葉に胸が騒がしくなった。
　誰かのそばにいてあげたいとか、あまり思ったことないのに……。
　なぜか、この人のさびしさを少しでも埋めてあげられる存在に、わたしがなることができたらいいのにと、切実に思った。
「ねー、冬花」
「い、いきなり下の名前?」
「だって下の名前しか聞いてないし」
「あ、そっか……」
　わたしも夏向の下の名前しか聞いてないや。
「冬花は今日でいくつになったの?」
「……16だよ」
「へー、俺と学年一緒じゃん。16なら結婚できるね。俺はまだ無理だけど」
　再びブランコを揺らしながら、わたしから目線を外して

夜空を見上げる夏向。
　正直、夏向の顔立ちは大人びていたから、同じ学年には見えなかった。
　そして、少し話していくと、なんと同じ学校だということが判明した。
　そういえば、どこかで見たことある顔だと思っていたら、思い出した。
　モテると噂されていて、女子たちが騒ぐ、注目の的の人。
　クラスも違うし、人に興味や関心がまったくないわたしは、噂を耳にはさむくらい。
　だけど、なんとなく顔を知っていたのか、見たことある、くらいの認識だった。
　ただ、よく噂で聞くのは……。
　──とんでもない女たらしだということ。
　彼女候補は同い年や、年上年下関係なくて、来るもの拒まずらしいというのを聞いたことがある。
　彼女というか、遊び相手……みたいな。
　あまりいい噂は聞いたことがないけれど、今話している感じだと、そんな悪い人とは思えない。
　むしろ、自分と同じような感情を持っているから話しやすい、とすら思ってしまう。
「夏向って、学校であんまり見たことない」
「あー、俺、あんまガッコウ行ってないし」
「……なんで？」
「つまんないし、飽きたから。気が向いたときに行くくらい」

「出席日数足りなくて単位落とすんじゃないの?」
「落としてもいいよ。興味ないし」
「えぇ……自分のことなのに」
「自分のことなんて、とっくの昔に興味薄れてるし。他人はもっと興味ない」
「他人に興味ないのに、わたしの話は聞いてくれるんだね」
「……自分と同じように可哀想(かわいそう)に見えたから」
「可哀想って……」
　まあ、実際わたしは世間から見たら可哀想な子なんだろうから、否定はできないけど。
　すると、ずっとブランコに揺られていた夏向が、地面に足をついて動きを止めた。
　そして、ゆっくりわたしのほうを見た。
「冬花はさ……今、さびしい?」
「っ……、今だけ少しさびしい、かな……」
　きっと明日になれば、こんな気持ちは忘れて、いつもどおりの日常に戻ると思うから。
　今日がいつもより少しだけ特別な日で、きっと今だけのことだ……こんな気持ちに襲われているのは。
　すると、今度はブランコから降りて急に立ち上がり、わたしの目の前に立った。
　ゆっくり顔を上げてみれば、夏向の大きな手のひらが、わたしの頬を優しく包んだ。
　チラッと見えた耳元に輝くピアスは、わたしの好きな青色で、今わたしがしているピアスに少し似ている。

「か、かなた……っ?」
　すごくドキドキする。
　夏向の視線、触れる体温すべてが。
「……冬花って放っておけない」
「えっ……きゃっ……」
　急に腕を引かれたせいで、自然と立ち上がり、ギュッと抱きしめられた。
　わたしをすっぽり覆ってしまうくらい、大きくて、しっかりした身体。
　この温もりに包まれると、なぜか心地がよくて、落ち着いて、すべてをあずけたくなってしまう。
「なんか、冬花のこと抱きしめると落ち着く」
　ここまで考えがシンクロしてるって、すごいと思った。
　柄にもなく運命かもしれないとか思った。
　話すのは今日が初めてのはずなのに。
「わたしたち、似た者同士だね……」
　ひとり言のようにつぶやくと、なぜかさらに強く抱きしめられた。
　そして、わたしの頭をポンポンと撫でながら言う。
「冬花がさびしくなったらここに来てよ。俺がそばにいてあげるから」
　付け加えて、「俺がさびしいときも、冬花がそばにいて」と言われて、ノーと応えられるわけがなかった。
　誰かに必要としてもらえるなら、求めてくれるのなら、いくらでもそばにいてあげたい。

恋愛感情があろうと、なかろうと、そんなことどうだっていい。
　ただ純粋に、夏向のそばにいたいと思ったから。
「ほんとに……、わたしがさびしいときに、ここに来てくれるの？」
「うん、来るよ」
「そんなの、わたしがいつさびしくなるかなんて、夏向にはわかんないじゃん……っ」
「わかるような気がする。冬花のことなら」
「っ……」
　なんてずるい言い方。
　まるで彼女にかける言葉みたいだ。
「だから、冬花も俺がさびしくなったら相手してよ」
　ここで、断っておけばよかったのに。
　そうすれば、その先にある、歪んだ曖昧な関係ができあがることはなかったのに……。
「冬花なら、俺のことわかってくれると思うから」
　今日初めて言葉を交わしたのに、その自信はどこから来るのか教えてほしい。
　とか思ったけれど、それは口にしなかった。
　お互いが求めるときは、わかるような気がしたから。
　だから、首を縦に振ってしまった。
　そして、この日をきっかけに、わたしからなくなっていたはずのさびしいという感情が、夏向の甘やかすような言葉によって、頻繁に芽生えるようになってしまった。

残り少ない夏休みの夜は、ほとんど夏向に会いに行っていた。
　小さな公園のブランコが待ち合わせ場所。
　そしていつしか、さびしさを埋めるというのは口実になっていて、日を重ねるごとに夏向に惹(ひ)かれていく自分がいた。
　もしかしたら、初めて会ったときから、気持ちは傾(かたむ)いていたのかもしれない。
　自分と似た感情を持っている夏向に……。
　彼女とか、そういう特別な存在にはなれないだろうと思っていたから、ただそばにいられるだけでいいとか、浅はかなことしか浮かばなかった。
　むしろ、彼女になんてなりたくないと思っていた。
　だって、そんな関係になってしまえば、遅かれ早かれ、いつか終わりが来ると思ったから。
　それだったら、彼女なんて特別な存在を求めなくても、夏向がわたしを求めてくれることに、価値があると思ってしまったから。
　この単純でかつ甘い考えが、のちに自分の気持ちをもどかしくさせるなんて、気づけるわけもない。
　2人で会ったときは、そんな盛り上がるような会話はしない。
　他愛(たあい)もない会話ばかり。
　沈黙になっても息苦しさは感じず、不思議と落ち着いた。

そして、ある日の出来事をきっかけに、わたしと夏向の関係が一気に加速する。

夏休みが明けて、わたしの日常はいつもどおりに戻った。

高校1年の秋。9月20日。

わたしの誕生日から、ちょうど1ヶ月が過ぎた日。

大雨になりそうだと朝のニュースでやっていたのを思い出し、早めに帰宅して、いつもと変わらず1人で晩ごはんをすませた。

今日も両親は家に帰ってこない。

そのあとお風呂をすませ、寝る準備を整えた夜の10時。

窓の外を見れば、雨がひどく雷もすごい。

こんな天気で外にいたら大変だと思いながら、寝ようとしたとき……なぜか、ふと、夏向の顔が浮かんだ。

そういえば最近、あまり会えていない。

夏休み中は、ほぼ毎日夏向に会いに行っていたのに、学校が始まると会う頻度が減っていた。

夏向は学校にあまり来ていないし、クラスも違うので、学校で顔を合わせることはない。

なんだか嫌な予感がした。

胸が変にざわついて、夏向のことが頭から離れない。

夏向が前に言っていた。

わたしがさびしいと思うときは、夏向はわかるって。

反対に夏向がさびしいと思うときは、わたしも同じようにわかるって。

なんでか今、夏向がわたしを待っているんじゃないかと

思ってしまった。
　さっきまで寝ようとしていた自分はどこかへいって、気づいたら傘をさして家を飛び出していた。
　ひどい雨のせいで傘をさしている意味がないくらい、外に出て数分で全身がびしょ濡れ状態。
　足元では水がパシャパシャと跳ねて、焦る気持ちとともに小走りで公園に向かった。

　激しい雨の中、ようやく公園に着いた。
　急いで中に足を踏み入れてみれば、見覚えのある後ろ姿が見つかって、嫌な予感が的中した。
　うそ……っ。なんで……っ。
　視線の先には雨の中、傘もささず1人空を見上げて、力なく立っている夏向の姿。
　夢中でそばに駆け寄った。
「かなた……っ！」
　とっさに、さしていた傘を投げ捨てて、大きな背中にギュッと抱きつくと、ひんやり冷えきった体温。
　いったいどれほどの時間、ここにいたんだろうかと心配になるばかり。
　すると、夏向はゆっくり身体の向きを変えて、正面から抱きしめてきた。
「冬花……」
　なんて弱々しい声なんだろう。
　儚く今にも消えるような声で、雨の音にかき消されてし

まいそう……。
「な、なんで……、こんな雨の中ここにいるの……っ」
　雨の音に負けないように、声を少し張って問いかけると、さらに強く抱きしめながら……。
「冬花に……会いたかったから」
　わたしを離さないようにギュッと抱きしめる夏向の背中に、ゆっくり腕を回す。
「そ、そんな……わたしじゃなくても──」
　他の子がいるでしょ？と、言おうとしたのを遮（さえぎ）ってきた。
「やだよ……俺は冬花じゃないとダメ」
「っ……」
　なんで、わたしじゃなきゃダメなの……？
　何か特別な感情があるわけでもないくせに……。
「俺が冬花じゃなきゃダメなように、冬花も俺じゃなきゃダメになればいいのに」
　お互いがいないとダメになるなんて、依存（いぞん）関係みたいなものじゃん……。
　そんなダメな子にはなりたくない。
　だから、ここで夏向を突き放す言葉を投げなくてはいけないのに。
「冬花のぜんぶを俺にくれたら、俺のぜんぶを冬花にあげるから……」
　この言葉を信じなければ、その先に待っている矛盾（むじゅん）だらけの曖昧な関係が成り立つことはなかったのに……。
　身体を離して、夏向の顔が少し傾いて近づいて。

唇が重なる寸前……ひと言……。
「──ぜったい、放してやらない」

　あれから雨の中にいたわたしたちは、公園を出た。
　さすがに、ずっと濡れっぱなしの夏向を放っておくことができず、わたしの家に連れていこうかと思ったけれど、夏向は自分の家に帰ると言った。
　そのまま公園を出たところで別れるはずだったのに、夏向を心配するわたしは、自分の家には帰らず、夏向の家までついていくことを選んでしまった。
　公園から夏向の家まで徒歩５分足らず。
　送り届けたところで、帰るつもりだったのに……。
　夏向が無言でわたしの手を引いて中に入り、扉がバタッと閉まる。その瞬間、もう引き返せないような気がした。
　夏でもひんやり冷たい空気が流れるこの空間は、わたしの家とまったく同じ……。
　電気はついていなくて、誰かがいる気配もないため、まるで自分の家に帰ってきたみたいな錯覚に陥る。
　そのままつかまれた腕を少し乱暴に引かれて玄関を上がり、すぐ近くにあった階段を上る。
　わたしの前を進む夏向は無言で、こちらを向こうともしない。
　そしていちばん奥の部屋の扉を開けた。
　中に入ってみると、真っ暗というか薄暗い。
　誰の部屋で、なんの部屋なのか、さっぱりわからない。

扉がバタッと閉まり、それと同時に夏向がこちらを振り返った。
　そして何も言わず、さっきのように唇を重ねてきた。
　吸い込まれるように、意識がすべて夏向に集中する。
「か……なた……っ」
　抵抗して声を出したって、それを黙(だま)らせるように、深く口づけをしてくる。
　雨に打たれて冷えきっているはずなのに、身体の内側から熱が上がってくるような、おかしな感覚。
　ようやく放してもらえた頃には、息があがって苦しくて、呼吸が乱れていた。
「冬花……」
　やっと離れたのに、甘い声で呼んで、物欲しそうな顔でこちらを見てくる夏向。
「ちょっ、ちょっと待って……！　い、いったん落ち着いて……っ」
「……なんで？」
「さっきまで雨に打たれてたせいで、全身がびしょ濡れだし……。か、風邪(かぜ)ひくから、とりあえず着替(きが)えたほうがいいでしょ……？」
　よくこの状況で、まともなこと言えるな、わたし……。
　すると、夏向がジーッとわたしを見て言う。
「冬花が風邪ひくのやだから、俺の服貸してあげる」
　わたしから離れて、部屋の電気をつけた。
　パッと明るくなったので全体を見渡(みわた)せば、ここはおそら

く夏向の部屋だということがわかる。
　大きなベッドが1つと、そのそばに使われていないような勉強机と空っぽの本棚。
　パッと見でもわかる。
　生活感があまりない、さびしい空間。
「俺の服しかないけど。濡れたままだとよくないから、これに着替えて」
「う、うん」
　すると、夏向はいったん部屋から出ていったので、渡された服に着替える。
　グレーのダボッとしたスウェット。
　サイズがかなり大きいから、わたしが着るとワンピースみたいになる。
　膝より少し上くらいの丈。
　いちおう、下のズボンも用意してくれたけど、これは必要ないかな。
　そのままいったん近くにあったベッドに腰を下ろした。
　すると、数分もしないうちに夏向が部屋に戻ってきた。
　手には大きめのタオルを1枚持っていて、さっきまでびしょ濡れだった服から、別の服に着替えをすませていた。
　そして、わたしが腰かけるベッドに近づいてきて、目の前に立ったかと思えば、頭にタオルをバサッと被せてきた。
「……ちゃんと拭かないと風邪ひく」
「わっ、そんなクシャクシャにしないでよ」
　慣れない手つき……。

目線を上げてみれば、しっかり夏向の顔が見える。
「夏向も髪の毛濡れてるよ？　ちゃんと拭かないと風邪ひいちゃう」
「……いーよ、俺のことは気にしなくて」
　少しは自分の心配もしてほしい。
　さっきまであんなひどい雨の中ずっと外にいて、夏向のほうが風邪をひく可能性が高いのに、わたしのことを気にしてばかり。
　自分のことを優先しようとしない。
「ダ、ダメだよ……。ちゃんとしないと」
　髪を拭いてくれる手を止めさせるために、ベッドから立ち上がった。
　そして代わりに夏向をベッドに座らせた。
　わたしはそんな夏向の正面に立つ。
　さっき夏向がやってくれたように髪を拭いてあげるけど、人の髪を拭いたことがないので、力加減がわからなくて難しい。
　なるべく痛くならないように、丁寧(ていねい)に優しく拭く。
　わたしと違って長さがあまりないので、軽くタオルドライしたら意外とすぐに水気がなくなった。
「はい、これで終わり。あとはドライヤーを使って——」
　離れようとしたら、それを阻止(そし)するように夏向の長い腕が腰に回ってきた。
　そのままわたしにギュウッと抱きついてくる。
「ちょっ、やめて……」

抵抗しようとすれば、夏向の手がスウェットから出ているわたしの脚をスッと撫でた。
「……こんな格好ずるいよね」
「え……？」
「……襲ってもいいってとらえられても、おかしくないよ」
　低く、かすれた声に不意にドキッとした。
「なっ、そんなつもりないし……っ」
「冬花はそーゆー気なくても、俺はそうとらえるって言ってんの」
「へ、変なこと言わないで……っ。それ以上変なこと言ったら……」
「言ったらどーなるの？」
「っ……、か、帰る」
　夏向の誘惑はとても危険なものだから。
　気軽にのったら、抜け出せなくなるから。
　もうすでに片足を突っ込んでしまったようなものだけど、これ以上深入りしたらダメだって、ブレーキをかける理性はまだかろうじて残っている。
　お互い目線を合わせたまま、無言が数秒続いた。
　……かと思えば。
「……じゃあ、何もしなかったら今夜はずっと俺のそばにいてくれるの？」
　手をグイッと力強く引かれて、身体をベッドに倒された。
　そのまま夏向も一緒に倒れ、わたしを包み込むように抱きしめてきた。

「ちょっ、放して……っ」
　ジタバタさせて暴れると、それを押さえつけるように抱きしめてくる腕の力をさらに強めた。
「……抵抗したら俺の好きなようにするよ」
　悪いささやきが、鼓膜(こまく)を揺さぶってきた。
「な、何それ……っ」
「力じゃ冬花は俺にかなわないんだよ」
「知ってるよ、そんなの……」
「だったら、おとなしくしといたほうが、身のためだって思わない？」
「思わない……」
　抵抗しても、おとなしくしても、どっちにしろ夏向の思いどおりじゃん。
「へー、今の状況がわかってないから、そんな生意気なこと言えんの？」
　抱きしめていただけだったのに、急に身体を起こし、簡単にわたしを組み敷(し)いた。
「俺さー、今でも結構抑えてんだよ、自分の理性」
「そ、そんなの、わたしは知らないもん」
「へー、他人事？　余裕(よゆう)じゃん」
　さっきまで、雨の中で弱っていたように見えた夏向なんて、もう今はいない。
　わたしを組み敷く夏向の瞳は、少し熱を持っている。
「その余裕、ぜんぶ崩してやりたくなる」
　首筋を指先でゆっくりなぞられる。

「さ、さっきも言ったでしょ……。変なことしたらすぐに帰るって」

 自分が不利な状況だっていうのに強気で言い放つと、夏向はフッと軽く笑いながら、再びわたしをギュッと抱きしめた。

「冬花に帰ってほしくないから、今日は我慢しておとなしく寝てあげる」

 なんでそんな偉そうなの。

 ため息が漏れそうになった。

 すると、数秒足らずで規則正しい寝息がスウスウと聞こえてきた。

 えっ、うそでしょ？　もう寝たの……!?

「えっ、ちょっ夏向……？」

「……」

 ほ、ほんとに寝てる。

 こんな早く、意識が飛ぶように寝る人は、初めて見た。

 たしか、夏休みに聞いたときには、寝つきが悪いと言っていたのに。

 電気だってついたままで、部屋は明るくて、すぐに眠れそうな状況じゃない。

 こ、これのどこが寝つき悪いんだろう？

 とりあえず、暴走しかけていた夏向がおとなしく眠ってくれたのでホッとした。

 そのままわたしも同じように眠ろうかと思っても、眠れるわけがない。

夏向の体温に包まれて、心臓がさっきからうるさい。
　完全に目が覚めているし、部屋が明るいせいで余計に眠れない。
　抱きしめてくる腕をそっと外しても起きる気配がないので、とりあえず部屋の電気を消すためにベッドから離れた。
　床(ゆか)には、さっきまで使っていたタオルが落ちている。
　これ、このままにしておくの、よくないかな……。
　そう思ってタオルを手に取り、ついでに扉のそばにあった電気のボタンをピッと消して、部屋を出た。
「えっと……洗濯機(せんたくき)ってどこにあるんだろ」
　人の家だから、勝手がわからない。
　廊下を歩いて、さっき上がってきた階段を下る。
　部屋数は多いけれど、人の気配は感じないし、空気が冷たい。
　ただ無駄に広い空間に、１人でポツンといる。
　世間から見れば、可哀想とか、さびしそうという言葉が似合う家の子だろう。
　夏向もそういう環境で育ったんだ。
　あまり人さまの家をうろうろするのも失礼かと思い、結局タオルを持ったまま、もといた部屋に戻ることにした。
　さっきまで滝(たき)のように降っていた雨は、気づいたらやんでいた。
　熟睡(じゅくすい)しているであろう夏向を起こさないように、そっと扉を開ける。
　少しだけガタッと音が鳴ってしまい、心臓がドキリとし

たけれど、さっきの夏向の様子からして、これくらいの音で起きるわけないと思っていたら——。
「えっ……、起きたの……?」
　ベッドから身体を起こして、1人ポツンと座っている夏向がいた。
　まさか起きているとは思わなかった。
　あれだけ一瞬で寝て、呼びかけても反応がないくらい、眠りが深かったのに。
　暗くて夏向の表情までは見えない。
　すると急に立ち上がり、わたしの目の前にきて手をギュッと握ったかと思えば、指を絡めてきた。
　何事だろうと思い、顔を上げてみるとさびしそうに瞳が揺れていて、胸が痛んだ。
　でもなんで痛いのかは、自分でもわからない。
「……冬花、嘘ついた」
「え?」
　不機嫌そうな、少し拗ねたような声。
　まるで小さな子どもみたい。
「俺から離れないって言ったじゃん」
「い、いや……だって、電気つけたままだったし、タオルも片付けないとって思って……」
「そんな言い訳どうでもいいよ」
　また、簡単に腕を引かれて強く抱きしめられる。
「冬花が離れたせいで、目覚めた」
「え……?」

まさかそんな。
偶然目が覚めたんじゃなくて？
「いつも寝つき悪いけど、冬花を抱きしめてたら珍しく意識飛ぶくらい寝れた」
「なに……それ……」
　まるで、わたしがいないとダメになってしまうような言い方。
　胸の奥がジワリと熱くなる、変な感覚に襲われる。
「けど冬花が俺から離れた途端、ハッとして目が覚めた」
　期待させるような言葉を並べるのは、誘惑という名の計算なのか、それとも自然と口から出てきているのか……。
　どちらにしろタチが悪い。
「……俺、冬花いないとダメになるよ」
「っ……い、意味わかんない……」
「わかんなくていいから、俺から離れないでよ……」
　バカみたい、バカみたい……。
　この命令のような誘惑を、キッパリ断てばよかったのに。
「……離れないでいてくれたら、俺もずっと冬花のそばにいるから」
　人に求められることを知らないから……。
　夏向から必要とされる言葉を並べられれば、ころっと落ちてしまいそうになる自分が大嫌い。
　こんな軽い言葉を鵜呑みにすれば、ただ都合のいい女として扱われることは目に見えていたはずなのに。
　いつか、夏向の特別になれる……いちばんそばに置いて

くれて、わたしだけを求めてくれると思ったから。
　結局、夏向の思惑どおり。
　片足だけ突っ込んでいた状態から、完全に落ちた——。

Chapter.2

拒否

　朝……目が覚めてみれば、なぜか目に涙がいっぱいたまっていて、目を開けたら頬をツーッと流れた。
　嫌な夢を見た。
　だけど、目が覚めてみればすっかり忘れていたので、おそらく大した内容じゃなかったのだろう。
　ようやく６月の中旬に入った。
　スマホで時間を確認し、いつもどおりの時間に家を出て学校に向かう。
　もう６月だけれど、寒がりのわたしはいまだにカーディガンを手放せない。
　家から学校までは、徒歩15分程度。
　ゆったりした足取りで教室に到着した。
　わたしの席は廊下側のいちばん後ろなので、後ろの戸から入ればすぐに自分の席に着ける。
「おはよ、冬花」
　机にカバンを下ろすと、前の席に座るわたしの友達、水林　樹里がこちらに身体を向けて挨拶をした。
「あ、おはよ」
　樹里は鏡を片手に前髪を直しながら、化粧品が入りすぎて膨れているポーチを自分の膝の上に置いて、身なりを整えている。
　朝からよくもまあ、そんな気合いが入ることで……。

見た目が高校生に見えないくらい美人……というか色気がすごい樹里。
　肌の色が雪みたいに白くて、その白さを引き立てる真っ黒で艶のある長い髪。
　そんな容姿を持っていれば、それはもう男の人が放っておくわけもなく。
　落とした男は星の数、みたいな。
　女版の夏向みたいだと、いつも勝手に思っている。
「樹里、朝から気合い入ってるね」
「んー、そう？　これくらい普通でしょ」
　今度はポーチの中からリップを取り出して、唇に塗っている。
「逆に冬花は何もしてなさすぎ。そんなんじゃ男寄ってこないわよ」
「別に樹里みたいに誰でもいいわけじゃないもん」
「うわ、その言い方ひど。ってか、ちゃんと選んでるし」
「そりゃ樹里みたいに美人だったら、選びたい放題だろうけどさ。複数の人に言い寄られて楽しいの？」
「楽しいっていうか、その中からわたし好みの男を見つけるんじゃない。誰かさんみたいに、１人の男に執着するのはごめんだし？」
　妙に"誰かさん"を強調されて、嫌味っぽく聞こえたのは気のせいだろうか？
「別に、夏向に執着なんかしてないもん……」
「何を言うか。かれこれずっと、木咲くんとわけのわから

ん関係で繋(つな)がってるくせに」
　樹里はこう見えて……と言うと失礼だけど、きちんと話を聞いてくれて、夏向との関係や、家庭の事情を理解してくれている、いい友人でもあったりする。佑都先輩のことも、まだはっきりとは言えていないけど、ちょくちょく相談にのってもらっていた。なんだかんだ、昔からずっと仲がよくて、わたしにとっては大切な存在。
「もう、その繋がりは切るつもりだもん……」
「それ、100回は聞いたよ」
「それは大げさだよ……。それに今回はほんとだし」
「ほー？　じゃあ、その話昼休みにでも聞かせてよ。もうすぐホームルーム始まるし」
「う、うん。わかった」
　こうして、チャイムが鳴りホームルームが始まった。
　そして1時間目の授業が始まり、そこから午前の授業中は、昼休みに樹里になんて話そうかと考えるばかり。
　わたしが他の人と付き合うのを知ったら、夏向がどんな反応をするか試したくなったから、それで佑都先輩と軽率にも付き合うことになってしまったことを。

　あっという間に午前の授業が終わり、お昼休みになった今、それを樹里に話すと……。
「ふーん、冬花にしては意外な選択取ったね」
　もっと嫌味を言われるかと思えば、あっさりしたリアクション。

わたしの話を聞きながら、さっきランチのメニューで頼んだばかりのオムライスを口に運んでいる樹里。
　いつもは教室で食べるのがほとんどだけれど、樹里がいきなりオムライスを食べたいと言い出したので、ランチルームでお昼を食べることになった。
　今日はお弁当を持ってきていなかったので、ちょうどよかった。
　ランチルームはお昼時で混んでいるので、いつもは席を確保するだけでも大変なのに、たまたま空席があったおかげで、樹里と隣同士なんとか座ることができた。
　人が多くて騒がしいし、いろんな会話が飛び交っている。
「んで、黒瀬先輩の彼女になってどうなの？　気持ち的になんか変わった？」
「と、とくに何も……」
　佑都先輩に半ば脅されて付き合うことになってから、とくに何も進展はない。
　わたしから会いに行くことも、佑都先輩から会いに来ることもない。
　なんだこの冷めた倦怠期カップルみたいなのは。
「うわー、何それ。ってか、それ付き合ってるって言えるの？」
「さ、さあ……？」
「あんたねー、自分のことなんだからしっかりしなさいよ。黒瀬先輩とか、木咲くん並みにいい噂聞かない人じゃん。女にだらしないし。冬花ってほんと男運ないよね」

かなりグサッときたけど、事実なので仕方ない。
　こういうとき、まともな意見をはっきり言える樹里は、さすがだと思う。
　……って、感心してる場合じゃないか。
「だって、佑都先輩が脅してくるから」
「人のせいにしないの。付き合うって選択をしたのは、冬花の意志でしょうが」
「ごもっともでございます……」
　目の前のパスタをフォークでくるくる巻きながら、なかなか口に運べない。
「ったく、これだから１人の男にハマってると、ろくなことないんだよね」
「一途って言ってよ……」
「なに言ってんの。そういうことはピュアっ子が言うものなの」
「わたしは何っ子ですか」
「ゲスっ子」
　ゲスっ子って……。そこまで言わなくてもいいじゃん。
「樹里って男の人に困ったことないのに、そういうところちゃんとしてるんだね」
「わたしは男に深入りしないの。別に１人に絞らなきゃいけないルールがあるわけでもないし」
「そりゃそうだけどさ……。相手の特別になりたいとか思わないの？」
「思わない。だって、そんなことになったら自分もその相

手を特別扱いしなきゃいけないじゃん。1人に縛られるのとか苦しくてやってられない」
　樹里の恋愛論ってやつは、他人にはなかなか理解できないものかもしれない。
「樹里ってそのうち不倫とかしそう」
「やだ、やめて。そういうのはしない主義だから」
「夏向には手出さないでね」
　冗談交じりで言うと、あっさりと。
「安心しなさい、木咲くんみたいなわけのわからん男には興味ないから」
「そ、そうですか」
「ってか、あんた黒瀬先輩の彼女になったわけでしょ？そんな、木咲くんを取られる心配してる場合？」
　まさにそのとおり……。
　ほんとに何やってるんだ。
　ため息が漏れそうになりながら、フォークに巻いたパスタを口に入れたとき。
「あー、美味しそうなの食べてるねー」
　後ろから聞こえてきた声にゾクリとして、おそるおそる振り返ると。
「久しぶりだね、冬花ちゃん」
　ゴクッとパスタを飲み込んで、眉間にしわを寄せて相手を見た。
「うわー、彼氏との久しぶりの再会にそんな顔しないでよ。可愛い顔が台無しだよ？」

相変わらず、胡散臭そうな笑顔を振りまいている佑都先輩がいた。
　すぐに顔をプイッとそむけてやる。
「おー、つれない反応だねー。そんなツンツンしないでよ」
「な、なんで佑都先輩がここにいるんですか」
「なんでって、昼食べに来たんだよ。あ、そーだ、よかったら一緒に食べようか」
　嫌ですって断ろうとしたのに、佑都先輩はわたしの隣のイスを引いてそのまま座った。
「そこ、さっき別の女の子が座ってたんですけど」
　わたしの右隣には樹里が座っている。左隣には他学年の女の子がさっきまで座っていたのに、気づいたら空席になっていた。
「んー替わってくれないか頼んだら替わってくれたんだよ。いい子だよね」
「いつの間に……」
　すると、さっきまでわたしの隣でオムライスをパクパクと食べていた樹里が、急に立ち上がった。
「んじゃ、わたしは食べ終わったから教室戻るわ」
「えっ、はっ、ちょっ樹里……!?」
　おぼんを持って、そのまま立ち去ろうとする樹里を必死に引きとめる。
「何よー、わたしはもう食べ終わったから教室に戻りたいの。それに、いいじゃない。お待ちかねの彼氏さまが来てくれたんだから」

「待ってないし、勝手に来ただけだし！」
　幸い、ランチルームが騒がしいおかげで、多分樹里とわたしの小声での会話は、佑都先輩に聞こえていないはず。
「女の厄介な問題に巻き込まれるのはごめんなの」
「え、いや、それどういう……」
「周り見てごらん。あんた女子にすごい目で見られてるよ」
「え……！？」
　周りをキョロキョロ見渡してみれば、たしかに数人……わたしを睨みながら、ヒソヒソと女子たちが話している。
「黒瀬先輩のファン多いからねー。というわけで、わたしは女に恨まれるのはごめんだから行くわ」
　は、薄情者め……。
　わたしがどうなってもいいんかい。
　こうして樹里がいなくなってしまい、佑都先輩と２人取り残されてしまった。
「あれ、冬花ちゃんのお友達、先に戻ったの？」
「佑都先輩のせいですよ……」
「へー、俺と冬花ちゃんに気を使って、２人にしてくれるなんていい子だね」
「先輩、耳悪いんですか……」
　会話が噛み合ってないし。
　さっさとパスタぜんぶ食べきって、教室に戻ってやる。
　佑都先輩の存在なんて無視して、再びフォークにパスタを巻いていると。
「冬花ちゃん、俺にあーんは？」

「は……？」
「それ、俺に食べさせてよ」
「いや、これわたしのですから。自分の頼んできたらどうですか？」
「んー、面倒いから無理」
　なんだそれ。
　だったらランチルームにお昼食べに来るなよって、突っ込んでやりたくなる。
「他の女の子にもらったらどうですか。先輩が口開けて待ってたら、女の子たちホイホイ寄ってきますよ」
「それは彼女らしからぬ発言だね」
　なんだ、わたしたちのこの変な関係。
「そういえば最近、木咲くんとはどう？　うまくいってる？」
「それは彼氏らしからぬ発言ですね」
「じゃあ、もっと彼氏っぽいことしよっか」
　すると、わたしの肩をグイッと自分のほうに抱き寄せた。
　その瞬間、周りにいた女子たちから、黄色い悲鳴のような声がちらほら聞こえてくる。
「ちょっ、な、何するんですか……!!」
「彼氏っぽいこと？」
「ふ、ふざけないでください！　理由もなく触らないでください!!」
「んー、それは無理じゃない？　彼氏が彼女に触れるのに理由なんている？」

珍しく正論を言ってやがる……。
　近づいたせいで佑都先輩から香る、独特のお菓子みたいな甘ったるい匂いに、思わず眉間にしわを寄せる。
　多分香水だろうけど、わたしの苦手な匂い。
　夏向とは違う……。
　夏向も甘いけど、柑橘系のさっぱりした、わたしの好きな匂いがいつもする……。
　って、ここにきてまた、夏向を思い出してるなんてバカみたいじゃん。
「先輩、くさいです」
「は？」
「その香水、苦手です」
「へー、はっきり言うね」
　とてもこれが、仮とはいえ彼氏と彼女の会話には聞こえない。
「木咲くんと比べちゃう？」
「っ……」
「残念ながら、俺は木咲くんじゃないよ。なんでも木咲くん中心に考えられてもね。まあでも、彼女が苦手っていうなら香水変えてみてもいいかなって思うよ」
「そう、ですか……」
　ほんと佑都先輩の言うとおり、なんでも夏向中心に考えるのやめないと。
「早く木咲くんのこと忘れて、俺に惚れちゃえばいいのに。俺、結構モテるのになあ」

「モテる自覚あるなら、わたしみたいな可愛くないのを彼女にしなくても……」
「可愛いか可愛くないか判断するのは、俺の自由だし。少なからず俺は冬花ちゃんのこと気に入ってるよ」
「物好きですね」
「ありがたい褒め言葉だね」

　それから急いでお昼を食べ終えて、ようやくランチルームをあとにした。
　佑都先輩は周りの視線をまったく気にすることなく、わたしにずっとちょっかいを出してくるから、休まった気がしない。
　今は教室に戻るために廊下を１人で歩いている。
　佑都先輩が教室まで送るとか言ったけど、それこそもっと注目を浴びて、厄介ごとに巻き込まれそうだから、逃げるようにその場をあとにした。
　廊下を歩いていると、開いている窓から風が吹いてきて、ふわっと髪が揺れる。
　そのとき、佑都先輩の香水の匂いが、微かに自分からすることに気づいた。
　……最悪。あれだけベタベタされたせいで、匂いが移ってしまったんだ。
　家に帰ったら、この匂いを洗い流さないと……。
　そう思いながら、廊下の角を曲がろうとしたとき。
　突然、角の教室の戸が開き、誰かに中へと身体を引っ張

られ、雑に戸を閉められた。
　荒々しく壁に身体をドンッと押しつけられ、それが誰なのか確認する暇もない。
　だけど、ふわっと香る柑橘系の匂いで正体がわかってしまった。
「か、かなた……」
　今日は学校に来ていたんだ。
　久しぶりに見る夏向の制服姿に、不意にドキッとした。
　カーディガンを羽織って、中に着ているワイシャツは第２ボタンまで開いていて。
　ネクタイも緩く締めて、着崩し方がすごく色っぽく見えたから。
　あぁ、もう……。
　夏向の姿を見ただけで、触れられただけで、こんなにも釘付けになるなんて。
　ジッと見とれていたら、何も言わず顔を近づけてきたので、とっさに口元を手で覆った。
「……手どけて」
「ダ、ダメだよ……」
　睨むように見れば、抗うわたしが気に入らないのか、力で押さえつけようとしてくる。
　両手が、夏向の片手であっさり拘束された。
「冬花は俺の言うこと聞けないの？」
「か、勝手なこと言わないで……っ」
　どこまでも自分勝手なのは変わらない。

けど、いつだってわたしがいいなりになると思ったら、大間違いだ。
「……冬花のくせに生意気。俺がいないとさびしくてダメになるくせに」
「ダ、ダメになんかならない……。わたしは夏向がいなくても平気……」
「うるさい、黙って」
　怒りを抑えた声でそう言うと、空いているほうの手でわたしの口元を覆ってきた。
「……ん、く、苦しい……っ」
　大きな手が口元を覆うせいで、息がうまくできなくて苦しい。
　しかも力の加減がバカになっているのか、本気で息をさせないくらいに押さえつけてくる。
　そして、夏向が首元に顔を近づけてきたあと、動きがピタッと止まった。
　そのままスッと離れ、覆っていた手もどけてくれた。
　一気に酸素を取り込んで、呼吸を整える。
　息が乱れるわたしを、夏向は不満げな顔で見ている。
　そして、驚くことを口にする。
「……それ脱いで」
「は……？」
　反抗する余地もなく、カーディガンの裾を手で捲り上げた夏向に、強引にガバッと脱がされた。
「えっ、ちょっ……」

戸惑うわたしを放置して、そのまま抱きしめられた。
　甘すぎる夏向の匂いにクラッとくる……。
　脱がされたカーディガンは床に落とされた。
「……さっきまで誰と一緒にいた？」
「な、なんで」
「いいから答えて」
　何も言うのをためらうことはない。
　はっきり言ってやればいいんだ、佑都先輩と一緒にいたことを。
「ゆ、佑都先輩と一緒にお昼食べてた」
　少し身体を離して、しっかり顔を見て言ったら、いつも無表情な夏向の表情が珍しいことにあっけなく崩れた。
　それはもう不機嫌そうに。
「アイツに触らせたの……？」
「え……？」
「甘くどい匂いがする」
　多分、佑都先輩の香水の匂いだ。
「冬花から俺以外の男の匂いがするなんて気が狂いそう」
　独占欲みたいな、その言葉にこっちの気だっておかしくなりそう。
　吐き捨てる言葉を間違えてるの、わかってよ。
「へ、変なこと言わないで……。別にわたしが佑都先輩と何してたって夏向には関係ないでしょ……」
　まともなことを言えば。
「……冬花はぜったい俺じゃないとダメだよ」

また、わけのわからないことを言ってくる。
　その自信はどこから来るの？
「そんなことない……っ。勝手に決めつけないで。わたしは夏向のものじゃないよ。それに……、わたし佑都先輩と付き合うって決めた……から」
　目の前にある夏向の身体を押し返すようにして、はっきり言ってやった。
「だ、だからもう、わたしを家に呼んだり、こうやって触れたりしないで……」
　これでいいんだ。
　今までこうやって、突き放したことがなかったから。
　もしここで、わたしじゃなきゃダメだって求めてくれたら、気持ちは簡単に夏向のほうへと転ぶ。
　わたしをいちばんに、特別にしてくれたらいいのに。
　わたしの心は、とっくに夏向でいっぱいなんだから。
　だけど頭の中で思い描くシナリオは、きっとそう簡単には進められない。
「……いいよ」
「え……？」
　その答えに驚きながら声をあげる。
　だけど。
「……なんて言うと思った？」
　まさか、すんなり夏向が受け入れるわけもなく。
　隙を突かれて、首筋に顔を埋められて、チクッと痛みが走った。

「い、痛い……っ」
　吸い付くどころか、思いっきり噛みつかれる。
「冬花なんて傷ついて、アイツのところに戻れないくらいになればいいんだよ」
「さ、最低……っ」
「それでまた俺のところに戻ってくれば」
　ぜったい戻ってやるもんかって頭では思うのに。
　痛いけど、痺れるように甘く触れてくる唇の感触にゾクッとして、身体に力が入らなくなる。
「……冬花は無理だよ、俺じゃなきゃ」
「な、何それ……っ」
「ぜったい俺を求めるから」
　そんなことないって意味を込めて、強い力で押し返した。
「最低……大っ嫌い……っ」
　首筋がヒリヒリ痛いし、涙が出てくる。
　これがなんの涙なのか、よくわからない。
　そんなわたしの涙を、夏向は優しく指で拭ってくれる。
　そして、まぶたにそっと軽くキスを落として言う。
「……これ、しばらくあずかっとくから」
　床に落ちているわたしのカーディガンを拾った。
「や、やだ……、返して……」
「なんで？」
「さ、寒いから……」
　すると、夏向は迷うことなく、自分の着ているカーディガンを脱いで、それをわたしに着せた。

「これでいい?」
「よ、よくない……っ」
　こんなの無理……っ。
　夏向に包まれているみたいで、心臓がバカみたいに音を立ててしまう。
「わ、わたしのカーディガン返してよ……」
「やだよ。それ着てればいいじゃん」
「だ、だったらいらない……。これ脱ぐ」
「ダメだよ。ブラウス１枚とか風邪ひく」
　ほら、こうやって急に優しいところを見せてくるあたりが、ほんとにずるいんだから。
「それ、冬花に貸しとくから」
　離れる寸前、耳元でそっと……。
「今度……俺の家に返しに来て」
　悪魔のささやきが鼓膜を揺さぶった。

優しさ

 あれから、夏向はわたしに何もすることなくその場をあとにした。
 結局、お昼休み中に教室に戻ることができず、5時間目の授業が始まってしまい、サボることを選んだ。
 6時間目が始まる前に教室に戻ってみれば、樹里が「なんかいろいろあったみたいねー」とわたしの様子を見ながら、すべて悟(さと)ったような言い方をしていた。
 そして残りの1時間の授業を受けて、ようやく放課後になった。
 結局、夏向に無理やり着せられたカーディガンは、今はもう脱いでいる。
 帰る準備を終えて、席から立ち上がったときだった。
「あのさー、このクラスに鈴本冬花って子いる？」
 前の戸のほうから、わたしの名前を呼ぶ女の人のかなり大きな声。
 視線をチラッと向けてみれば、派手な見た目をした3人の女子たち。
 まだクラスに残っている生徒たちの視線が、一気にわたしのほうに集まる。
 その視線に気づいた3人のうちの1人と、運悪くバッチリ目が合った。
 そして、廊下から後ろの戸のほうに移動してきた。

戸は残念ながら開いたまま。
　今すぐ閉めて、鍵をかけてやりたいくらい。
「あんたさー、鈴本冬花？」
　なんて威圧的な喋り方だろう。
　上履きの色を見てみれば、1つ上の3年生であることがわかる。
　顔も名前も知らない3人組。
「そ、そうですけど、何か……？」
　なんの用だろうとか思いながら、仕方なく返事をすると、真ん中にいる女の先輩が、わたしを上から下までジーッと見てくる。
　そして、ボソッと。
「……何よ、こんな女のどこがいいわけ」
　え、なんで面識のない人にいきなり侮辱されないといけないんだ？
　しかもなぜか今、暴言を吐いた女の先輩が、泣きそうな顔……というか、若干怒りを抑えているような顔でこちらを見ているから、ただごとではなさそう。
「ちょっと話したいから、場所変えていい？」
　いちばん右側にいた女の先輩がそう言ったので、断る理由もなくあとをついていくことにした。

　連れてこられた場所は人気がない裏庭。
　3人に囲まれ、壁際に追い込まれた。
「なんで、わたしがこんな女に負けたのか意味わかんない

んだけど！」
　真ん中にいる女の先輩がいきなり声を荒げて、壁を足で蹴った。
　幸い、わたしの身体の横スレスレだったので当たらずにすんだ。
　だけど突然のことに、さすがに冷静ではいられなくてヒヤリとする。
「由佳（ゆか）、落ち着いて」
　両サイドにいる２人がなだめようとするけれど、顔を真っ赤にして、かなり興奮状態。
「こんな子どもっぽいやつに、佑都くんを取られたなんて、信じられない……!!」
　うわ、最悪だ……。
　佑都先輩の名前を聞いてすべて悟った。
　今日まさに樹里が言っていたとおり。
　佑都先輩のそばにいたら、目をつけられて厄介なことに巻き込まれるって。
　この由佳って先輩は、佑都先輩に好意を抱いているのかもしれない。
「由佳はこんなに必死になってるんだよ。それくらい黒瀬くんのこと好きだったのにさ。いきなり別れようって言われたんだよ？」
　わたしから見て、左にいる先輩が話す。
「は、はぁ……」
「由佳と黒瀬くんはね、付き合ってたんだから」

うわ……、まさかの元彼女の登場……。
　これは想定していなかった。
「それなのに、黒瀬くんがいきなり由佳に別れを切り出したの。あんたと付き合うからって」
　えぇ……そんなのただの"とばっちり"じゃん。
　佑都先輩め……。とんでもないことしてくれたな。
　ってか、なんでそれをわたしに言うのさ。
　別れが納得できないなら、佑都先輩に言うのが筋ってものじゃないの？
　こっちに言われたって知ったことじゃないって言い返してやりたいけど、興奮状態になっている相手にそんなことを言ったら、それこそ殴（なぐ）られそうだし。
「わたしは……っ、ずっと佑都くんのそばにいて、付き合ってるときもすごく幸せで……っ」
　そんな泣きながら訴（うった）えられても。
　どちらかといえば、わたしのほうが被害者（ひがいしゃ）だっての。
　こっちが泣きたいくらいだよ。
「ずっとずっと、佑都くんのそばにいられると思ってたのに……!!　それなのにあなたのせいで……佑都くんはわたしから離れたの……っ!!」
　えぇ、理不尽（りふじん）すぎるじゃん……。
　これじゃ、わたしが彼氏と幸せを奪った悪者みたいに聞こえるんだけど。
「黙ってないで、なんとか言いなさいよ!!」
「いや、えっと……わたしは別に、佑都先輩にそこまで気

持ちないっていうか……」
　あっ……しまった、つい本音が。
　思いっきり火に油を注いでしまった。
「はぁ!?　あんた、ふざけんのも大概にしなさいよ!!」
　ついに興奮状態のまま相手が手を振りかざし、ぶたれると思ったわたしは、とっさに目をつぶった。
　すぐに身体のどこかに痛みが走るかと思ったけれど、数秒してもない。
「い、いたっ……い！」
　今、声をあげたのは、わたしじゃない。
　閉じていた目をそっと開けると、驚きの光景が目の前にあった。
「あーあ、何してんの。先輩３人がかりで後輩囲んでさ」
　由佳先輩が振りかざした手を、佑都先輩がガッチリつかんでいた。
「今までの会話聞いてたけど、冬花ちゃんに言うのぜんぶ間違ってるでしょ。そんなんもわかんないわけ？」
　つかんでいる由佳先輩の腕にグッと力を込めて、まるで握りつぶすかのよう。
　いつも愛想よく振りまいている笑顔はどこにもない。
「文句あるなら俺に言うのが筋ってもんでしょ。こういうやり方する女って、ほんとくだらないよね」
　つかんでいた手を、思いっきり雑に振り払う。
　まさか、この場面で助けに現れるとは思ってもみなかったけど、来てくれてほんとによかった。

正直すごく怖かった。
　理性を失って、自分しか見えていない状態の人なんて滅多にいないから、そんな相手にぶたれたら……なんて考えるとゾッとする。
　恐怖から抜け出し安心したのか、身体の力が急にへにゃっと抜けて、地面に座り込んでしまった。
　そんなわたしのもとに、佑都先輩がゆっくり近づいてきて、目線を合わせるためにかがんだ。
　そして、優しく頭を撫でながらささやく。
「怖かったね。もう俺が来たから大丈夫だよ」
　──その声を聞いて、涙がぽろっと落ちた。

　それから佑都先輩が、わたしを保健室に連れていってくれた。ケガはしていないけれど、怖い思いをしたわたしをいったん落ち着かせるために、と。
　放課後の保健室。
　養護教諭の先生もいなければ、保健委員もいない。
　わたしはベッドに座り、その近くにあるイスに佑都先輩が座る。
「どう？　落ち着いた？」
「は、はい……なんとか」
　珍しく佑都先輩が優しい顔をして、こちらを見ている。
「まだ怖かったら、俺が抱きしめてあげたのに」
「結構です」
　なんだ、優しい顔をしたかと思えば、いつものおふざけ

状態に戻っている。
「いやー、まさか冬花ちゃんのところにのり込むとは想定外だったよ」
「わたしだって想定外ですよ……。とんだとばっちりです」
「女って怖い生き物だね」
「わかってるなら、もうこれ以上わたしに被害が来ないようにしてくださいよ……」
　もう巻き込まれるのはごめんだし。
「うん、それは大丈夫。俺からアイツらにはきつく言っとくから。他のバカな女たちも含めてね」
　バカな女って……。言い方がきついような……。
「何かあったらすぐ俺に言わなきゃダメだよー？　言ってくれたら、そいつら全員、女だろうと容赦しないから」
「笑顔で怖いこと言うのやめてくださいよ……」
　ニコニコしながら、怖いワードを並べないでほしい。
　すると、佑都先輩がいきなりイスから立ち上がり、わたしが座るベッドの隣に来た。
　その重みで、ベッドがギシッと軋む。
　そして腕を伸ばし、わたしの頬にそっと優しく触れた。
「俺が来なかったら傷つけられてたね」
　そのまま身体ごと佑都先輩のほうに向かされた。
　しっかり目が合ったかと思えば、佑都先輩の視線が少し下に落ちた。
「あー、でもここは傷つけられちゃったか」
　首筋にかかるわたしの髪の毛をスッとどかして、指を差

した。
「これ、木咲くんの仕業(しわざ)?」
　しまった……。
　お昼休みに夏向につけられた跡を、隠(かく)し忘れていた。
「まあ、冬花ちゃんがこんなこと許すのは木咲くんしかいないかあ。悪い子だねー、彼氏がいるのに他の男にこんな跡残されて」
　佑都先輩の指先が首元に触れて、紅く跡が残っているだろう場所に爪(つめ)を立てた。
「い、痛い……です」
「んー?　痛がってる顔も可愛いね」
　人が痛がってる様子を笑顔で見てるあたり、相当おかしいというか、狂ってるようにしか思えない。
　佑都先輩って、想像してる以上にヤバい人なのかもしれない。
「さすがにこんなことされたら妬(や)いちゃうなー。これ、俺が上書きしちゃおうか?」
　瞳が本気に見えるのは気のせい……?
　佑都先輩は、どれがほんとの顔なのか全然わからない。
　仮面をつけてばかりで、けっして自分の本性を明かそうとしないから。
　おびえた瞳で佑都先輩を見つめれば、ハハッと軽く笑いながら言った。
「安心しなよ。俺もそこまでひどい男じゃないから。そんな泣きそうな顔されたら手出せないなー」

気づいたら目にうっすら涙がたまっていて、それを佑都先輩が指で拭ってくれる。
「ほんとなら怒ってやりたいところだけど、今回は見逃してあげるよ。俺のせいで怖い目に遭わせちゃったし。それでおあいこってことで」
　なんでそこまでして"わたし"にこだわるのかが、謎でしかない。
「俺って心広いと思わない？　まあ、あんま度が過ぎると黙ってないけど」
　真っ黒な笑顔を、威圧的に向けてくる。
「とりあえず、冬花ちゃんがケガしなくてよかったよ」
「えっと……、どうしてわたしが先輩たちに連れていかれたことわかったんですか？」
「冬花ちゃんの美人なお友達が、わざわざ俺のところに来て教えてくれたよ。冬花ちゃんがケバい女たちに連れていかれたって」
　樹里か……。
　お昼は薄情者かと思ったけど、こういうとき、きちんと助けを呼んでくれるところはありがたい。
　にしても、ケバいって。
　言い方が樹里らしいというか。
「冬花ちゃんに負けず、性格悪そうな子だよね。あと同じくらい顔が整ってる。まあ、俺は冬花ちゃんのほうが好みだけど」
「……そうですか」

「うわー、褒めてあげたのに冷めたリアクションだね」
　褒める前にけなされたから、そんなの帳消しだ。
「あ、そーだ。冬花ちゃんスマホ貸してよ」
「え、いきなりなんですか」
「連絡先交換しようと思ってね。何かあったときにいつでも俺と連絡が取れるように」
「何かあっても、先輩には連絡取らないですよ」
「今すぐ撤回しないとそのふざけた口、黙らせるよ？」
「だから、笑顔で怖いこと言うのやめてください」
　結局、黒い笑顔に勝つことはできず、連絡先を交換した。
「はい、じゃあ何かあったら必ず俺に連絡することね。間違えても木咲くんに連絡したらダメだからねー？」
「夏向には連絡しないですよ……」
　もうキッパリ切ることに決めたんだから。
　夏向は、『俺がいないと冬花はダメになる』みたいなことを言っていたけれど、そんなことないって証明してやりたい気持ちもある。
　だからこれでいいんだ。
　きっと、大丈夫……そう自分にいい聞かせた。
「ふーん、そう。んじゃ、今日は帰ろうか。特別に送ってあげるよ」
「大丈夫です、１人で帰れますから」
「ダメだよ。冬花ちゃんを好む、物好きな不審者がいるかもしれないし」
「物好きって……」

「まあ、俺もその物好きのうちの1人だけど」
　もっと他に言い方ないのって思いながら、渋々家まで送ってもらった。

嫉妬

　季節はもうすぐ7月に入る頃になった。
　最近、急に暑さが増してきたので、制服を半袖(はんそで)のものに変えた。
　外に出ると、まだ朝だっていうのに日差しがまぶしいし、セミの鳴き声がバカみたいにうるさい。
「おはよー、冬花ちゃん」
　学校の門をくぐり、下駄箱まで一直線の道のりを歩いていると、後ろのほうから嫌な声が聞こえてきた。
　無視してスタスタ歩くけど、歩幅(ほはば)が違いすぎて、あっという間に追いつかれてしまう。
「はい、無視しないのー」
「なんですか……佑都先輩……」
「つれないなー。せっかく会えたんだから、途中までででも一緒に行こうよ」
「嫌ですよ、先輩の近くにいると女のやっかみに巻き込まれるんで」
　現に、今わたしたちをコソコソ見ている女子たちが結構いる。前みたいな目に遭うのはごめんだし。
「だからー、それは俺が守ってあげるって。ていうか、冬花ちゃん、肌の色白いね」
「話ぶっ飛んでますよ」
「いやー、これだけ白いと噛みついた――」

「朝から変なこと言わないでください」
　佑都先輩のふざけっぷりは相変わらずだ。
　結局、門から下駄箱まで一緒に行き、おまけにわたしの教室までついてくる始末。
　2年生の教室があるのは3階のフロア。
　3年生は2階のフロア。
　フロアが違うんだから、別についてこなくていいのに。
「ねー、冬花ちゃん。最近木咲くんと会ってる？」
　廊下を横並びに歩きながら、先輩は急にわたしの顔をひょこっと覗き込んで聞いてきた。
「……っ、会ってない……ですよ」
　佑都先輩と付き合うと言ったあの日から、夏向はわたしと顔を合わせようともしなければ、連絡もパタリとなくなった。
　夏向が学校に来ているのか、何をしてるのか近況をまったく知らない。
　クラスが違うからなおさら。
　こちらからキッパリ関係を切るはずだったから、これでいいのに。
　心の片隅で、まだ夏向への気持ちが捨てきれていないのが嫌……ほんとに嫌。
「木咲くんに会いたい？」
「別に……会いたくないですよ。ていうか、そんなこといちいち聞かないでください」
　夏向の話ばかりしていたら、それこそいきなり現れそう

で怖い。
「へぇ〜、意外とさっぱりしてるんだね。……って、あー噂をすれば」
　佑都先輩の声に反応して前をしっかり見てみれば、今わたしがいちばん会いたくない人が、こちらに向かって歩いてくる。
　相手との距離(きょり)は表情が少し見える程度で、それがどんどん縮まって……夏向の表情がはっきり見えてくる。
　最悪……。なんでこのタイミングで顔を合わせることになるの……。ぜったい何か言ってくる。
　だけどわたしと佑都先輩が一緒にいるところを、睨んでくるかと思えば、なんの興味もなさそうに、こちらを見ることはなく素通りされた。
　……何を期待していたんだろう。
　いいんだこれで。曖昧で、おかしな関係に終わりを告げたということでいいはずなのに。
　なんでだろう、胸の奥がギュウッと苦しくなった。
　矛盾ばっかり……。
　夏向がいなくても平気だって、自分で言ったくせに。
　自分から夏向のもとを離れるって決めたくせに。
　いざ、こういう態度をとられて、勝手に傷ついている自分がバカみたい。
　すれ違いざまに、夏向の甘い匂いがして、胸がキュッとして、クラッときた……。
「あれー、木咲くん声かけないんだ。冷たいね」

返す言葉がなくて、無視して歩き続けると、佑都先輩はさらに口を動かす。
「俺、てっきり木咲くんに睨まれて、なんか言われるかと思ったんだけどなー」
「……」
「2人の関係って、案外脆いんだね」
　その言葉がどれだけわたしの胸をえぐっているか、先輩はわかっていない。

　それからあっという間に時間は過ぎ、放課後になった。
　ホームルームが終わったタイミングで、メッセージの通知が鳴る。
　確認してみれば、送り主は佑都先輩。
　画面には、教室まで迎えに行くと表示されていた。
　もちろん一緒に帰るつもりはないので、既読をつけたまま返信せず、無視して下駄箱に足を進める。
　そして、ローファーに履き替え、つま先をトントンと地面で叩きながら学校を出ようとしたとき。
　再び、メッセージの通知が鳴った。
　しつこい……。
　どうせ佑都先輩からのメッセージだと思い、通知欄から内容を確認せず開いて、既読をつけてしまった。
　……失敗した。
　送ってきた相手をきちんと確認するべきだった。
【今から俺の家来て】

【この前貸したカーディガン返して】
　絶妙なタイミングで呼びつけるのは確実に……夏向の計算のうちだ……。
　ぜったい行ってやるもんかって気持ちで、既読無視のままスマホの画面を閉じようとすれば。
　今度は電話の着信音が鳴り、とっさに応答ボタンを押してしまった……。
『来るよね……冬花？』
　通話時間たったの５秒足らず。
　誘いの声を聞いて、心がグラッと揺れる。
　矛盾してばかりの気持ちは、簡単に崩れてしまうことを思い知った。

　それから一度家に帰って、洗っておいた夏向のカーディガンを雑に紙袋に入れて家を出た。
　別に、夏向に会いたくて行くわけじゃない。
　カーディガンを返しに行くのが目的……と、何度も自分に言い聞かせる。
　以前、この家に来ていた頃と同じようにインターホンなんて鳴らさず、玄関の扉を開けて中に入る。
　そして階段を上がり、夏向の部屋の前まで来た。
　そのまま扉を開けようかと思ったけれど、ふと自分の中の、ほんのわずかにある賢い思考が動きに制御をかけた。
　……今、このタイミングでここに呼んだのは、どういう意図があるんだろう。

わざわざカーディガンを返してもらうためだけに、呼びつけるなんておかしいような……。
　何か嫌な予感が——胸騒ぎがする。
　深く考えすぎ？
　だって、夏向はいつだって、わたしの思いどおりには行動しないから。
　何か企みがあるのかもしれない……そう思いながら、握ったドアノブに力を込めた。
　ガチャッと音が鳴り、扉をゆっくり自分のほうへと引く。
　中の様子に目をやろうとするけれど、異常なくらいの緊張感に襲われて、床を見ることしかできない。
　部屋が薄暗いことはわかる。
　ここに、いったい何があるのか。
　おそるおそる顔を上げて……目の前の光景に固まった。
　心臓が嫌なくらい、ドクッと大きく跳ねる。
　そのあとに遅れて、手に持っていた紙袋が床にドサッと落ちた音が聞こえた。
「……へー、ほんとに来たんだ？」
　抑揚のない、まんまとここに来たわたしをバカにするような夏向の声。
「せっかくいいところだったのに邪魔されたね」
　ベッドに両手をつきながら、誰か知らない女の子を夏向が見せつけるように押し倒しているのを目の前にして、グラッとめまいがした……。
　完全に当てつけ……。

きっと、わたしが佑都先輩と付き合うと言ったから、それの仕返しをしているつもりに違いない。
　まんまとそのワナにのってしまい、勝手に傷ついているのは自業自得。
　視点は夏向たち一点に集中してしまう。女の子は驚いたのか固まっている。
　……こんな光景を見せられても動揺なんかしちゃいけないと、言い聞かせようとするのに、頭と身体は反している。
　身体から焦りを表すように、汗がジワリと出てくる。
「ってか、いつまでそこに突っ立ってんの？　最後まで見ていく気？」
　その言葉に、カッとなって言い返そうとする自分をなんとか鎮める。
　胸に鉛を抱えたみたいに、重くて苦しい。
　何も言い返さないわたしに夏向は、「はぁ……」とため息をついた。
　ため息をつきたいのはこっちだ……。
　すると、夏向が冷たい言葉を吐いた。
「邪魔入ったせいで萎えたから、帰ってくれる？」
　おそらく、この言葉はわたしにではなく、今もまだ押し倒された状態の女の子に言っていると思う。
　どこまで自分勝手なんだろう。
　こんな最低なヤツなら、一度くらい女の子に殴られてもおかしくないと思う。
「な、何それ……っ、夏向くんのほうから誘ってきたくせ

に……っ!!」

　夏向から誘ったという言葉に、ズキッと胸を痛めるわたしって、ほんとに大バカだ。

　女の子がキレ気味の口調で立ち上がり、荷物を持って勢いよく扉のほうに来た。

　近くで顔を見てみれば、目に涙をためて、制服は少し乱れている程度。

　そして部屋を去る寸前、すれ違いざまにわたしのほうをきつく睨んできた。

　これじゃ夏向にというより、邪魔しに来たわたしに恨みが向くような気がする。

　夏向に呼ばれたから来た、なんてことをこの子は知る由もないのだから。

　またしても女子の恨みを買ってしまった。

　女の子が出ていき、部屋に2人残される。

　わたしは扉のそばに立ったまま、夏向はベッドに座ったまま。

　少しの間、沈黙が流れる。

　それを先に破ったのは、わたしだった。

「夏向のほうから呼んだくせに……っ」

　想像していたより声が震えていた。

　心なしか、手も震えているように感じて、抑えるためにギュッと拳を強く握った。

　すると、夏向はベッドから立ち上がり、目の前に来て、わたしの髪にそっと触れながら言う。

「呼んだのは俺だけど……。ここに来たのは冬花の意志でしょ?」
　悔(くや)しい……。
　わたしがこういう感情を抱くのは、間違いなく夏向の計算どおり。
「最低っ……、わざと見せつけるような、子どもっぽいことしないで……っ」
「してないよ。勝手に来たのは冬花だって言ってんじゃん」
　さっきから同じ会話の繰(く)り返し。
　結局、ここに足を運んでしまった、わたしの意志の弱さが招いた結末。
　夏向の性格は、わたしが想像している以上に歪んでいた。
　夏向と自分への怒りの感情がわくのとともに、なんともいえない苦しさに襲われ、目に涙がジワリとにじむ。
　それに気づかれないよう、床に落ちた紙袋を夏向の胸に思いっきり投げつける。
「夏向なんて、大っ嫌い……っ」
　自分の手で涙を拭い、部屋を飛び出した。

駆け引き －side夏向－

　部屋の扉がバタンと勢いよく閉められて、1人になったところで、力なく天井を見上げた。
　真っ先に浮かぶのは、さっき俺のことを大嫌いとまで言い放った、冬花の泣き顔。
　大きな目に涙をためて、震える声で精いっぱい俺への反抗を見せる姿すら、愛おしく思えてしまう。
　きっと、俺に泣いていることを気づかれたくなくて、冬花なりに必死に我慢して、強がって出てきた言葉。でもそれは、俺が求めていたものじゃなかった。
"大嫌い"なんて言葉を聞きたかったんじゃない。
『夏向じゃなきゃダメ』って、『他の子なんて見ないで、わたしだけ見て』って嫉妬してほしかったから。
　けど、強がりで泣き虫な冬花は、俺の求めた言葉をくれなかった。
　自分でやっておいて、ガキっぽいことをしたと思ったけど、それは冬花だって同じこと。
　今までずっと俺のそばにいたくせに、急に黒瀬とかいう先輩と付き合い出して。
　ぜったい好きでもないくせに。
　黒瀬とかいう男は、よく冬花につきまとっているヤツで、冬花もそいつに特別気があるわけでもなく、迷惑そうに避けていたくせに。

おまけに俺が触れようとすれば、『触れたりするな』とか、『家に呼んだりするな』とか。
　あの日……昼休みの終わり頃、冬花を無理やり空き教室に連れ込んで、誰と一緒にいたのかと問いただしてみれば、俺の目をしっかり見ながら、『黒瀬と一緒にいた』とはっきり言った。
　抱きしめると、いつもと違う……甘くてくどい香りをまとっていた。
　冬花の匂いでもなければ、俺のでもない。
　匂いが移るということは、相当な至近距離で、相手に触れさせていたに違いない……。そう思うと、すぐに自分のものだって上書きしたくなって、理性がきかなくなった。
「はぁ……」
　身体をベッドに倒し、仰向けのまま天井を見上げる。
　多分、いきなり俺のもとから離れようとして、好きでもない男と付き合うと言い出したのは、俺への当てつけと、冬花なりの抵抗だった気がする。
　だからこっちだって仕掛けた。わざと冷たくしたり、他の女と一緒にいるところを見せつけるためだけに呼びつけたり。
　それで泣きながら俺を求めてくれたらいいのに。俺じゃないとダメだって、戻ってきたらいいのにって。
　他のヤツになんか、ぜったい渡したくない。
　ただ、冬花の気を引きたくて、わがままなことしか浮かばない俺は、冬花よりずっと子どもっぽくて自分勝手。

いつも泣かせて傷つけてばかり。

きっと、冬花が俺を想う気持ちと同じものを俺が返してあげれば、不安にさせることも泣かせることもない。

だけど、今以上の関係に踏み込むことができない。

……いつか冬花が俺のもとから離れてしまいそうで、関係が終わってしまうのを恐れているから。

初めて出会ったときから、自分と似たようなものを持った冬花に強く惹かれて。いつだって冬花をそばで感じていたくて。

冬花の代わりになる子なんて誰1人としていない。

俺は冬花がいなくなったら、ぜったいダメになる。

だったら今のままの、曖昧な関係でいれば終わりはないし、冬花を繋ぎとめることができるという、浅はかな考えを持ち始めてしまった。

結局、俺のわがままと、冬花の強気な態度で、関係はますますこじれただけ。

さらに冬花を傷つけてしまって、結果俺のもとを離れて、他の男のものになろうとするから。

冬花が俺以外の男に触れられるなんて、考えるだけで気が狂いそうになる。

胸元あたりまで伸ばした、少しカールのかかった髪とか。

白くて細い首筋とか。

いつも俺のことを切なげに見る瞳とか。

キスをするたびに漏れる甘い声とか。

……ぜんぶ、ぜんぶ、俺だけが独占できればいいのに。

他の男になんて触れさせたくもない、見せたくもない。
　泣き虫で弱いところも、強がりでさびしがり屋なところも……ぜんぶ俺だけが知っていればいいのに——。

Chapter. 3

逆転

　夏向とギクシャクしたまま、時間はあっという間に過ぎていき、気づけば夏休み直前。
　今までずっと、夏向との間に起こった出来事を、誰にも相談せずにいた。
　樹里は無理やり聞いてくることはなく、何かあったことを察して、さりげなく心配はしてくれていた。
「わたしは何もしてあげられないけど、冬花が話してくれるまで無理には聞かないから」と、樹里らしい言葉をかけてもらえたのも嬉しい。
　そして今ようやく、ずっと相談できなかったことを樹里に打ち明けた放課後。
　２人で誰もいない教室に残り、イスに座ったまま、あの日の出来事を話した。
　すると、すべて聞き終えた樹里から盛大なため息が送られてきた。
「木咲くんってほんとやることクズだし、ガキだよね」
　なんの遠慮もなく、キッパリ言われてしまった。
　さらに。
「んで、そのクズの誘いにまんまとのって、勝手に傷ついてるとは何事よ」
「うっ……」
「お互い意地の張り合いでもしてるつもり？　冬花が木咲

くんに仕掛けたら、今度は木咲くんがやり返してくるって、あんたら何やってんのよ」

　樹里のお説教は、言うことすべてが正しいから返す言葉もない。

「こじれるのもいい加減にしときなさいよ。結局、冬花が傷ついてたら何も意味ないんだから」

「はい……」

「それが原因で、最近木咲くんの女遊びがもっと激しくなってるわけ？」

「っ……」

　ここ最近、夏向の女グセがさらに悪くなったことをよく耳にするようになった。

　前もひどかったとはいえ、断ったりしていることもあった。だけど今は誘えば必ずのるし、誰かれ構わず手を出しているとか……。

「あんたら、わけのわからん関係続けてるくせに、お互いどちらかが離れたらダメになるとかどうなってんのよ」

　この関係は、どこで踏み外してしまったんだろう。

　真っ直ぐに相手を想う気持ちさえあれば、こんなことにはならなかったはずなのに。

「どっちも頑固だし、ひねくれてるし。これじゃ救いようがないわ」

　ついに樹里にも見捨てられてしまう。

　呆れた声が胸にグッと刺さる。

「あのね、わたしがこれだけ強く言うのは、冬花にこれ以

上傷ついてほしくないからよ」
「……」
「自分をもっと大切にしなさい。んで、抱えきれなくなったらすぐ相談すること。今回の件も報告遅すぎだし」
「樹里優しすぎるよぉ……っ」
　普段(ふだん)冷たくて、毒ばかり吐くくせに、こういうときは、しっかり優しさで包み込んでくれる。
「そんな泣きそうな声出さないの」
「うぇ……だって、樹里が優しいから」
　ズビッとはなをすすれば、「やだ、鼻水わたしにつけないでよ？」と、嫌そうな顔をされた。

　少し泣いてしまったわたしは、樹里に慰(なぐさ)められながらなんとか落ち着き、ようやく帰ることになった。
　門のところで樹里と別れ、家まで向かう途中でメッセージが届いた。
【冬花ちゃん、今どこー？】
　差出人、【黒瀬佑都】と画面に表示されているのを見て、既読をつけたことに後悔(こうかい)する。
【あれー、既読ついたのに返信がないなー。あれー？】
　こめかみあたりの怒りマークが、ピチッと音を立てたような気がした。
　もうこんなの無視してさっさと家に帰ろうと、スマホから目を離して前を見たとき。
　嫌な後ろ姿をとらえた。

どうして、こうもタイミングが悪いんだろうか。

スマホばかりに気を取られていて、前を歩く２人の存在に気づかなかった。

１人はだるそうに歩き、その隣にいるもう１人は、相手の腕に自分の腕を無理やり絡めて歩いている。

今回はほんとにただの偶然。

何も仕組まれていない。"あの日"とは違う。

今回は呼ばれたわけでもなく、わたしの意志でもなんでもない……。

このまま進んでしまえば、相手にこちらの存在が気づかれると思い、足を止めた。

だけど、距離が近すぎた。

そのため、一瞬足を止めたときに靴と地面が擦れた音がかなり大きくなってしまい、前にいた２人がこちらを振り返った。

思わず手に持っていたカバンを握る力が、ギュッと強くなった。

そこにいた２人は……夏向と、親しげに腕を組む会ったことのありそうな雰囲気の女の子。

よく見てみたら、この前わたしが夏向の家に呼びつけられたときに、押し倒されていた女の子のような気がする。

顔はあまり覚えていないから、確証はないけれど。

女の子は驚いた表情をしていて、反対に夏向はなんともないような顔をしていた。

立ち止まったまま、その場に固まって動けない。

きっと２人は、わたしの存在に気づいたところで、無視してそのまま歩いていくと思ったから。
　それなのに、なぜか２人の顔がさっきよりも鮮明に見えてくる。なんでわざわざこっちに来るんだろう。
　そして、わたしの目の前で２人はピタッと足を止めた。
　何を言われるんだろうと考える暇もなく、夏向の隣にいた女の子が口を開く。
「ねー、あんたってさ、夏向くんのなんなの？」
　かなり強気の態度。
　やっぱり、最終的に女の恨みは女に来るもんなんだ。
「付き合ってもないくせに、彼女ヅラしないでよね。どうせ遊びだけの関係のくせに！」
　いろいろと言い返してやりたいことはあるけれど、カッとなって言い返したほうが負けだと、冷静な思考が回る。
「ねぇ、夏向くんはこの子のことどう思ってるの？」
　黙ったままのわたしじゃ話にならないと思ったのか、矛先は夏向に向いた。
　少しだけ目線を夏向のほうに向けてみれば、それはもう興味がなさそうに、抑揚がない声で。
「別になんとも思ってない。……ってか、嫌い」
　前はわたしが夏向を突き放していたはずなのに、完全に逆転した。
　冷たく吐き捨てられた言葉に、頑張って作ったわたしの無表情はあっけなく崩れていく。
　それに対して、夏向の隣にいる女の子は勝ったと言わん

ばかりの表情。
「なぁんだ、嫌いだって。可哀想～」
 見下すように笑う声に、すごく腹が立った。
 そっちだって、しょせん遊ばれてるだけのくせに……。
 唇をグッと噛みしめ、泣くのをこらえる。
「わたしだって嫌い……大っ嫌い……っ」
 大声で2人に向けて叫ぶように言いながら、逃げるみたいにその場から走り出した。
 怒りが収まりきっていないのを表すように、地面を足でドンドン蹴りつけながら大股(おおまた)で走る。
「なんなの……ほんとに……っ」
 視界が涙で揺れているのなんて、気のせい。
 いろんな感情が混ざりに混ざって、自分を見失いそうになる。
 感情が高ぶって、頭にカーッと血がのぼるくらい興奮状態の中、勢い任せに身体を動かしたせいで、呼吸が荒々しくなっていた。
 これはダメだ……。
 いったん頭を冷やさないと。
 少しの間、その場に足を止めて気持ちを落ち着かせることにした。

 しばらくして、ようやく落ち着きを取り戻したので、家へ帰って扉の前に来たとき。
「あ、やっと帰ってきたー。おかえり」

人の家の玄関前に呑気に座って、手を振っている男の姿。
「いやー、既読無視されるから家まで来ちゃった」
　そこにいたのは、相変わらずヘラヘラした笑顔を向けている……佑都先輩だ。
「なんで……いるんですか」
「んー？　冬花ちゃんに会いたくなったから？」
「気持ち悪いこと、言わないでください」
　無視して家の中に入ろうとしたら、座っていた佑都先輩が急に立ち上がって、阻止してきた。
「やめて……ください、放してください……っ」
　今は正直、誰とも話したくないし、顔も見たくない。
　きっと今のままだと、自分の感情を抑えきれないから。
　せっかく落ち着いたばかりだから、放っておいてほしい。
　抵抗すると、優しく包み込むように抱きしめてきた。
「な、なんで……っ」
「今、冬花ちゃんを１人にしたら危ないだろうから」
「い、いいから放っといて……っ」
　どれだけ力を込めて押し返しても、ビクともしない。
「放っておけないんだよ。あからさまに何かありましたって顔してんだから」
「っ……」
　普段おちゃらけているくせに、不意にこうやって優しい一面を見せてくる。
　どれがほんとの先輩なのか、いまだによくわからない。
「とりあえずここにずっといるのもあれだから、中に入れ

てくれる？」
　なんだかうまく丸め込まれたような気がしたけれど、1人でいるより佑都先輩がいてくれたほうがいいような気がして、鍵をガチャッと開けた。
　中に入ると、玄関の異変にすぐに気づいた。
　見覚えのない黒のヒールの靴。
　すぐに誰のものか見当がついた。
　……久しぶりにお母さんが帰ってきている。
　いつもはだいたい、わたしが学校に行っている間に荷物とかを取りに来ているのに……。
　玄関に突っ立ったまま、中に入ろうとしないでいると、タイミング悪くリビングの扉が開く音がした。
　そして中から出てきた相手と目が合い、思わずそらしてしまった。
「あら……冬花」
　落ち着いた、とてもきれいな声。
　長い髪を後ろで簡単に1つに束ねて、ピシッとしたスーツを着こなしている。
　気づけば1ヶ月以上、お母さんと顔を合わせていなければ、会話もろくにしていない。
「久しぶりね。元気そうでよかったわ」
　ほんとはそんなこと思ってないくせにと、ひねくれたことしか思いつかない。
『久しぶり』だなんて。
　これが親子の交わす会話だとは思えない。

後ろに佑都先輩がいると思うと、なんとも気まずい場面を見られてしまったというか……。
　この重い空気を、どう軽くするか考えても、何も思いつかない。
　すると、ずっと黙り込んでいた佑都先輩がわたしの隣に立ち、いきなり手をギュッと握ってきた。
　とっさのことに驚いて佑都先輩の顔を見ると、ニコッと笑いながら、わたしのお母さんに向かって言う。
「はじめまして。僕、冬花ちゃんとお付き合いさせてもらっています、黒瀬佑都です」
　なんとも徹底した仮面の被り方。
　主語が"僕"なんて今まで聞いたことないし。
「あら、そう……。冬花のことよろしくお願いしますね」
　あっさりとした反応。
　驚きもしなければ、笑いもしない。
　普通なら会話を広げるところだけれど、わたしに興味のないお母さんは、当たり障りのない言葉を並べるだけ。
　さっきから腕時計をチラチラ見て時間を気にしている様子から、早くこの場を去りたいことがわかる。
「じゃあ、わたしはそろそろ行くわね。またしばらく戻れそうにないから。いつもどおり１人でよろしくね」
「……うん、わかったよ」
　弱々しく返事をしたのにもかかわらず、それを気にする素振りも見せず、そそくさと家を出ていった。
「なんかごめんなさい……。変なところ見せちゃって」

「ん？　何が？」
　とぼけたフリをしてくれているのが、もしかしたら佑都先輩なりの優しさだったりして……。
「どうぞ、上がってください。何もおもてなしとかできないですけど」
　スリッパラックに手をかけ、来客用のスリッパを先輩の前に置いた。
　そして、わたしの部屋に通した。
「何もない部屋ですけど……」
　わたしの部屋は真っ白の壁に囲まれていて、色があまりない。
　あるとすれば、カーテンの淡い水色くらい。
　家具はシングルサイズのベッドに、デスクとテーブル、クローゼットがあるくらい。
「へー、きれいにしてんだね。冬花ちゃんらしい感じ」
「お茶いれてくるので、ゆっくりしててください」
　そう言うと、佑都先輩は遠慮なくわたしのベッドの上にドサッと座った。
　かと思えば、思いがけないことを言う。
「いーよ。俺にまで気使わなくて」
「っ、どういう意味……ですか」
　まるですべてを見透かされたような気がして、声がうまく出てこない。
「なんかさ、冬花ちゃんの家庭、複雑そうに見えたから」
　とても真剣な顔をしていて、いつものヘラヘラした態度

とは違った。
　すると突然、両手を広げて。
「ほら、おいでよ」
「いや、何してるんですか……」
「冬花ちゃんを抱きしめてあげようと思って」
　怪しむ目で見てみれば、いつものように軽く笑っている。
「ハグって気持ちが落ち着くし、ストレス解消になるらしいよ？」
「先輩が言うと下心丸見えみたいですよ……」
「うわー、ひど。せっかく慰めてあげようと思ったのに」
　すると急にベッドから立ち上がり、わたしの手を無理やり引いて、スポッと抱きしめてきた。
　さっきまで高ぶっていた感情は、気づいたらだいぶ落ち着いていた。
　……温かい。
　久しぶりに人の体温をこんな間近で感じた。
「どう？　落ち着くでしょ？」
「なんで……先輩はこんな、どうしようもないわたしに構うんですか……」
　こんな可愛げのない女なんて、放っておけばいいのに。
　先輩だったら他にもっといい子がいるはずなのに。
「なんでかなー。普段強気でいるくせに、意外とさびしがり屋なギャップ？がいいなーってね」
「さびしがり屋なんかじゃないですよ……」
「どうかなー？」

「……」
「最初はさ、完全に興味本位だったけど、知れば知るほど可愛げあるし。何よりなかなか自分のものになってくれないから、ますます手に入れたくなる」
　ギュウッと抱きしめる力が強くなり、それと同時に今まで気づくことがなかった、爽やかな石けんの匂いが鼻をくすぐった。
「……香水、変えたんですね」
　前の甘くてくどい匂いとはまったく違う。
　さっぱりとした、優しい匂い。
「彼女に嫌われたくないからね」
「冗談ですか……本気ですか」
「さあ、どうでしょう？　どうとらえるかは冬花ちゃんに任せるよ」
「先輩って何考えてるのかわかんないです」
「冬花ちゃんもね」
　不思議なことに、佑都先輩の前ではあまり気を使わずに、自然と言いたいことを言えている気がする。
　前は、からかわれて、変にちょっかいばかり出されて、なんだこの厄介な人って思っていた。
　女にだらしないのは夏向と同じだし、チャラチャラしてるし、女慣れしてるし。
　そのくせ、人の弱さに気づくのは早い。
「さっき、帰ってきたとき泣いてたでしょ。また木咲くんとなんかあったの？」

背中をさすりながら、落ち着かせるように優しい声のトーンで聞いてくる。
　その言葉に、こわばっているわたしの心がジワリと溶(と)けていくとともに、それが涙に変わって頬を流れる。
「っ……、嫌いって、言われました……」
　こんなこと言うつもりなかったのに、吐き出さずにはいられなかった。
　ポロポロと大粒(おおつぶ)の涙が流れて、先輩のシャツを濡らしてしまう。
「ご、ごめん……なさい……っ。シャツが濡れちゃ──」
「そんなこと気にしなくていいよ。泣きたかったら、いくらでも泣けばいい」
　離れようとしても、放してくれない。
　耳元で聞こえる声は、人一倍優しくて、不意に胸がドキッと高鳴る。
「冬花ちゃんは、もっと人に甘えることを覚えたほうがいいよ」
　おかしいくらい先輩が優しいから、その優しさに甘えたくなる弱い自分の心。
「先輩が優しいの……っ、気持ち悪いですよ……っ」
　あぁ、せっかく優しくしてくれた相手に、可愛くないことを言ってしまった。
　これには、いくら優しい先輩でも怒ってしまうかもしれない……そう思っていたら。
「じゃあ、優しくないほうがいい？」

身体がふわっと床から一瞬だけ浮き、ドサッとベッドに押し倒された。
　その直後、佑都先輩がいつもかけているメガネをスッと外した。
　メガネを取っただけなのに、グッと大人っぽさが増して、いつもと違う先輩を見ているような気がして、胸がざわざわと騒ぐ。
　おかしい……先輩相手にこんなドキドキするなんて。
「なんかさー、冬花ちゃんの泣き顔って危ないんだよね」
「へ……っ？」
「潤(うる)んだ瞳に、顔真っ赤にして。こんな可愛いの見せられたら、さすがに理性が揺らぐよ」
　頬にそっと手が触れて、親指で唇をなぞってくる。
「今すぐ俺のものにしたいくらい、危険な顔してるよ」
　いつもと違う、余裕のない先輩の表情のほうが、もっと危険で魅惑的。
「木咲くんなんてやめて、俺を選んだらいいのに」
　これが冗談なのか、本気なのか。
　わかるのは、もう少し先のこと。

甘い熱

　部屋の中の蒸し暑さと、外からうるさいくらいに聞こえてくるセミの声で目が覚めた朝。
「ん……、あつ……」
　冷房(れいぼう)のタイマーが切れたせいで、部屋の中は容赦ないくらい暑い。
　半袖半ズボンにタオルケット1枚で寝ているのに、身体中汗をかいている。
　ようやく夏休みに入り、1週間くらいが過ぎた。
　ここ数日、夏休みという自由な時間を過ごせるおかげで、夜は遅くまでゲームをしたり、漫画(まんが)を読んだりしている。
　起きるのはいつもお昼過ぎ。
　今は、たまたま部屋が暑かったせいで目が覚めたけれど、二度寝するつもり。
　そういえば、ここ数日誰とも会っていない。最後に人と会ったのは、佑都先輩がわたしの家に来たとき。結局、あの日の佑都先輩は何もせずに帰っていった。
　毎日冷房がよくきいている部屋でダラダラして、おまけにずっとベッドの上から動かずに過ごしているせいで、最近まともに食事をとっていない。
　動かないと体力を使わないので、お腹(なか)がすかない。朝と昼は食べないか、食べたとしてもアイスやスナック菓子(がし)で、夜は冷凍食品(れいとう)で簡単にすませている。

我ながら、かなり不健康な生活を送っていると思う。
　そのうち体調を崩しそう……なんてことを考えながら、冷房のスイッチを入れて再び眠りについた。

　――ピンポーン……。
　ん……、何か音が鳴ってる。
　インターホン？
　あぁ、どうせセールスの人だろうから居留守でも使おう。
　――ピンポーン……ピンポーン。
　しつこい……。音から逃げるようにタオルケットを頭から被るけど、音は鳴りやまない。
　すると、今度はスマホの着信音が鳴った。
『こらー、居留守使うんじゃないのー。開けなさい』
「うぇ……、樹里？」
　電話越しに聞こえたのは、樹里の声だった。
　さっきから、うるさいくらいインターホンを鳴らしているのは、樹里だったのか。
　まだ寝起きのせいで頭がボーッとするなか、身なりを気にせず、フラフラの足取りで玄関の扉を開けた。
「はぁい……」
「うわっ、何そのガッツリ寝起きのまま出てきましたって顔は」
「だって今まで寝てたし。ってか、樹里のほうこそまだ朝早いのにどうしたの……」
「あのねぇ、あんた寝ぼけてないで時計見なさいよ。今何

時だと思ってんの?」
　樹里が自分のスマホを見せつけてきた。
　時刻が大きく、14:20と表示されていた。
「うぇ!?　も、もう２時過ぎ!?」
　し、信じられん。まさかそんなに寝ていたとは。
「ったく、そんなことだと思ったわ。あんた長期の休みに入ると生活リズム狂うから」
　そういえば、昔から長い休みのときは、いつも樹里が心配して家によく来てくれていた。
「とりあえず家入っていい？　外が暑すぎて干物になりそうだわ」
「あっ、どうぞどうぞ」
　部屋まで案内すると、あとについて入った樹里がいきなり大声をあげた。
「いや、さむっ!!　あんた冷房の設定温度いくつにしてるのよ!?」
「え、21度だけど」
「はぁ!?　バカでしょ!!　感覚麻痺してる！」
　ブルブルと寒そうに震えている樹里に対して、わたしはこの温度がちょうどいいように感じる。
「まさか毎日こんな部屋でダラダラ過ごしてるんじゃないでしょうね？」
「す、過ごしております……」
「うわ、ありえない。冷房の設定温度は常識的に27度とかだから」

樹里が冷房のリモコンを手に取り、温度を上げる。
　そして、部屋をキョロキョロ見渡して、ゴミ箱の中を見ながら言う。
「スナック菓子とアイスのゴミばっかり。不健康にもほどがあるでしょ」
「いや、動かないからお腹すかなくて」
「呆れた……。そのうち家の中で1人ぶっ倒れても知らないから」
「ええ、そんな冷たいこと言わないでよ」
　すると樹里は、手に持っていた紙袋をベッドのそばにあるテーブルに置き、そのまま床に座った。
「これ、わたしのお母さんから。どうせ1人でまともなもの食べてないだろうと思って、作ってもらったから」
　紙袋の中から、使い捨て保存容器のパックがいくつも出てきた。
「うわ、すごっ。えっ、これ樹里のお母さんが？」
　容器の中には、おかずがたくさん。
　厚焼き玉子、筑前煮、アスパラベーコン、ハンバーグ、野菜炒め、おにぎり、サンドイッチ、フルーツ……その他にもたくさん。
　ざっと見て、4日分くらいありそう。
「あんた普段学校ある日はきちんとごはん作るくせに、休みが続くと途端に気抜いて、だらしなくなるから。案の定、まともな生活してないし」
「こ、こんなご馳走久しぶりに見たよ」

最近あまりお腹がすく感覚にはならなかったけれど、これだけ美味しそうな料理を目の前にしたら、ゴクッと喉(のど)が鳴る。
「あと、飲み物も買ってきてあげたから。どうせお昼まだでしょ？　今食べたら？」
「じゃ、じゃあ、お言葉に甘えて」
　久しぶりに手作りのものを食べたので、最初は箸(はし)が進んだけれど、すぐにお腹いっぱいになってしまった。
　多分あまり食べていないせいで、いきなりたくさん食べようとしても胃に入らない。
　残った分はすべて冷蔵庫にしまい、あと数日の食料にさせてもらおう。
　ごはんを終えて落ち着いたところで、樹里がお茶をグビッと飲みながら聞いてくる。
「んで、最近どう？　何か変化はあった？」
「変化……とは」
「木咲くんと黒瀬先輩。結局２人とはどうなってんのよ？」
「どうなってるも何も、とくに変わってないよ」
　夏向とはいっさい連絡を取っていないし、顔を合わせてもいない。
　佑都先輩は家に来たあの日以来、とくに会うこともなく夏休みに入った。
　いちおう佑都先輩は受験生で、そこそこ頭のいい大学を狙ってるって前に言っていたような気がするから、勉強の邪魔かと思い連絡は取っていない。

「はあ、そうかいそうかい。まあ、冬花が嫌な思いとかしてないならいいけど」
　口調は少し呆れているけれど、こうやって気づかってくれるのは優しいなって思う。
「そういう樹里は夏休み何してるの？」
「んー、ほぼ毎日外で遊んでるけど」
「うわー、アクティブ……」
「あんたがインドアなだけ」
　久しぶりに誰かとこうして話すのは結構楽しい。
　学校がある日は、樹里と会って話すのが当たり前だったけれど、家ではつねに1人で、会話する相手がいないから、いい気分転換になった。

　気づけばかなり話し込んでいて、窓の外を見てみれば空がオレンジ色になる時間帯になっていた。
「さーて、わたしはお暇しようかな。あんたの生存確認もできたことだし」
「生存確認って……」
　こうして、樹里のおかげで楽しい1日を過ごすことができた。
　玄関先まで見送りをすると。
「じゃあ、わたしは帰るけど。しっかり生活リズム整えなさいよ？　まずはきちんと寝る時間戻して、三食必ず食べること。いい？」
「樹里、お母さんみたい」

「返事は？」
「は、はいっ」
「よし。じゃあ何かあったら連絡して」
「うん。今日はほんとにありがとう」
　いい友達を持ったもんだと思いながら、少しずつ生活のリズムを戻していこうとしたんだけれど。

　結局あまり直せず、そのまま数週間過ごしていたら、ついに。
　夏休み後半の８月中旬。
「……38.5」
　ベッドに寝転んだまま、体温計とにらめっこ。
　自己管理（じこかんり）がうまくできていないせいで、ここにきてツケが回ってきた。
　頭痛はひどいし、気分は悪いし、身体すべてがどこもかしこも痛いし、だるい。
　あまり冷房をつけるのがよくないと思い、消していたせいで部屋はサウナ状態。
　汗がダラダラ出てきて、呼吸が浅い。
　ここで冷房をつければ、汗をかいたままの身体を冷やしてしまい、もっと悪化する恐れがある。
　スマホで時間を確認したら朝の10時。
　とりあえず、喉がとても渇（かわ）いているので冷蔵庫に何か飲むものを取りに行くついでに、解熱剤（げねつざい）でも飲んで安静（あんせい）にしていよう。

「うわ……最悪……。何もない」

　夏休みの間、家にずっといて買い物もろくに行っていなかったせいで、冷蔵庫の中身は空っぽに等しい。

　おまけに解熱剤も切らしていた。

　初めて人生最大の危機を迎えているかもしれない。

　たかが風邪で大げさかもしれないけれど、それくらい身体が悲鳴をあげている。

　とりあえずコップを手に取り、水道の蛇口をキュッとひねって、水分を体内に取り込む。

　生ぬるい水道水は喉を通っても、全然気持ちよくない。

「はぁ……っ」

　いったん自分の部屋のベッドに戻り、力なく倒れた。

　残り少ない力を振り絞ってスマホを手に取り、樹里に連絡をしようとした。

　だけど、たしか今週樹里は、お父さんの実家に行くと言っていた。

　樹里を頼れないとなると……。

　佑都先輩の顔が浮かんだけれど、受験生を呼びつけるのは悪いし、風邪移ったら大変だし……。

　あとは……。

　スマホをスクロールさせる指がピタッと止まる。

　表示されている名前は──【木咲夏向】……。

　朧ろうとする意識の中、その名前を親指でタップしてしまい、呼び出し音が鳴る。

　ハッとして、すぐに切った。

鳴らしたのはワンコールだけど、相手の着歴には確実に残った……。
　あれだけ冷たく突き放されて、はっきり嫌いとまで言われた相手を頼ろうとするなんて……。
　他に頼れる人がいないのが情けない。
　このまま1人で意識を失って、誰にも見つけてもらうことができないのかな……。
　本格的に意識がぶっ飛びそうになるのをなんとかこらえながら、身体を起こす。
　頼れる人がいないなら、自分でなんとかするしかない。
　昔からこうやってのりきってきたんだから大丈夫……と、言い聞かせながらスマホと財布を持ち、玄関に向かう。
　とりあえず何か飲むものと、冷やすものと、薬を買いに行かなくてはいけない。
　もしも道端で倒れても誰かが助けてくれる……なんて最悪の事態を考えながら、外に出た。

　強すぎる日差しが、弱っている身体を容赦なく攻撃(こうげき)してくる。
　少し歩いただけで、クラクラめまいがする。
　身体が前に倒れそうになり、とっさに塀に手をつく。
「はぁ……っ」
　呼吸がさっきよりも浅くて、立っていることすら厳しい。
　だけど、家に戻れるほどの体力はもう残ってなさそう。
　もうダメだ……っ。

ついに身体の力がすべて抜けて、意識が飛ぶ寸前……ドサッと自分が倒れた音がする。
　だけど身体は痛くなくて。
　代わりに——ふわりと甘い柑橘系の匂いがした……。

「……ん」
　次に目が覚めたときには、見覚えのある部屋の天井が視界に入ってきた。
　ここは……わたしの部屋？
　あれ……さっき外に出たはずなのに、どうやってここまで戻ったんだろう？
　たしか、途中で意識が飛んでしまって、外で倒れたはずなのに、どうして……？
　すると、手に何やら違和感……というか、自分以外の体温を感じる。
　そちらのほうに視線を向けて驚いた。
「うそ……っ」
　わたしの手を握りながら、ベッドのそばに座って眠っている……夏向の姿。
　この状況がまったく理解できない。
　なんで夏向がここにいるの……？
　驚いて固まっていると、わたしが起きたことに気づいた夏向が目を覚ます気配がした。
　うっすらと目を開けながら、わたしのほうを見る。
　目が合って、心臓が一度だけドクッと大きく飛び跳ねた。

「……起きたんだ」
 久しぶりに見た夏向の姿。
 久しぶりに聞いた夏向の声。
 久しぶりに触れる夏向の甘い体温。
 ぜんぶが恋しくて……。
 見つめられると、その瞳に吸い込まれそうになる。
「なん……で、ここに……」
 わたしがこんな状態になっていることは、知らないはずなのに。
 連絡したのは、たったのワンコールだけ。
 用件だって何も言っていないのに。
「電話かかってきたから」
「す、すぐに切った……じゃん」
「すぐに切ったから、なんかあったのかと思った」
「っ……」
 たったそれだけで、異変に気づいて駆けつけてくれる優しさを見せるなんて……。ほんとに、ずるい人……。
「案の定、体調崩して倒れてるし」
 血液を送り出すポンプが狂っているみたいに、心臓の音がおかしい。
 あんなに冷たく突き放されて、苦しい思いをさせられたのに……。
「よかったよ、冬花が倒れる寸前に来たから」
 なんで、今はこんなにかける言葉が優しいの……っ。
 わたしも大概矛盾だらけだけど、夏向だって同じ。

わたしのこと嫌いで、どうでもいいくせに、そんな心配そうな顔してこっちを見ないでよ……っ。
　……気がおかしくなりそう。
「……身体どう？　とりあえず起きてなんか飲んだほうがいいよ」
　夏向の腕が背中に回ってきて、身体を起こしてくれる。
「ん、これ、スポーツドリンク買っといたから」
　床に置いてあった袋からペットボトルを手渡された。
　フタを開けて喉へ流し込むと、冷たくて気持ちがいい。
「はぁ……っ、ありがとう……」
「んで、それもう貼り替えたほうがいい」
「え……？」
　おでこに手を伸ばしてみれば、冷却シートらしきものが貼られていた。
　すぐに新しいものを渡してくれた。
「あ、ありがとう……」
　変な感じ……。
　ここ数ヶ月、まともに会話すらしていなかった相手と、こうやって一緒にいることが。
「ついでにゼリーとか買ってきたけど、食べる？」
「た、食べる……」
　数日ぶりにまともな食べ物を口にした。
　ゼリーはすんなり食べることができて、あっという間に完食。
「あと、冷蔵庫に他にもいろいろ買って入れといたから」

「あ……、ご、ごめん……お金払う……」
「いーよ。別に大した額じゃないし」
「それじゃ悪い……から」
　ベッドから降りて、財布を取るために立ち上がろうとしたら、立ちくらみがした。
「……っと、あぶな」
　夏向に抱きしめられるように支えられる。
　この体温が懐かしくて、無性に恋しくて、離れたくない。
　熱のせいで冷静な思考を失いかけているのか、夏向の大きな背中に腕を回してしまう。
「……なーに、俺にどうしてほしいわけ？」
　抱きしめ返してなんて言わないから、あと少しだけ、こうすることを許してほしい……。
「身体……熱いね」
　そのまま夏向の長い腕が、わたしの背中に回ってきて、身体がさらに密着する。
　夏向への気持ちを振りきろうとしていた決意は、こんなにも簡単に揺らいで崩れる。
　火照る首筋に、夏向の冷たい指先が触れる。
「ん……やっ……」
「……その声、俺のこと煽ってんの気づいてる？」
　耳元のささやきにゾクッとして、身体がピクッと跳ねる。
　そのまま身体がベッドに倒され、組み敷かれた。
　もうここまできたら、どこでブレーキをかけたらいいのか判断できない。

結局、夏向の言っていたとおり。

こんなにもあっけなく、自分から求めてしまう。

夏向の親指が、わたしの唇をジワリとなぞりながら、グッと押しつけてくる。

「俺に何してほしい？」

わたしの唇に押しつけた指を、今度は自分の唇にあてる仕草がとても色っぽく映る。

「……今だけでいいから、そばにいて……っ」

恥ずかしさのあまり目が潤み、さらに上げられた熱のせいで、顔がリンゴみたいに赤くなるのがわかる。

「……そばにいるだけでいいの？」

まだ繋ぎとめられている理性が、これ以上求めてはいけないって……。

それなのに、夏向はうまいことわたしを落とすために、頬を優しく撫でたり、髪に触れてきたりする。

しまいには、顔を近づけてきて、唇が触れる寸前でピタッと動きを止めて……。

「……ほら、言いなよ。俺が欲しいって」

気づけば、どちらからでもなく、唇がお互いを求めるように重なった。

優しく、甘く……溶ける。

「……ん、……はぁっ」

苦しくなって顔を横にそむけようとしても、無理やりもとに戻され、塞がれたまま。

「……唇まで熱いね」

反対に夏向の唇は冷たくて、とても気持ちがいいなんて、口が裂(さ)けても言えない。
　甘すぎる体温におかしくなりそう……。
　やっと唇が離れた頃には、少しだけ息があがっていた。
　簡単に唇を許してしまい、夏向を求めるわたしは全然正常じゃない。
「……もっかい」
「も、もうダメだよ……っ」
　さすがにここで止めないと危ない。
「風邪……移るから」
　次こそ迫られても阻止できるよう、タオルケットを自分の唇に被せて、顔の上半分だけ出して見つめる。
「……ふーん。じゃあ、これならいいじゃん」
　タオルケット1枚越しに、グッと唇が押しつけられた。
「ちょっ……」
「それだけ抵抗できる力あれば、大丈夫でしょ」
　そう言うと、わたしの上からどき、再びベッドのそばに座った。
「しばらく寝てたら？　まだ身体熱いし」
「……」
「そばにいてあげるから」
「っ……」
　まるでわたしの心をすべて読んでいるみたい。
　この前の冷たい夏向は幻(まぼろし)だったんだろうかと思うくらい、今はとびきり優しい。

「なんで……わたしのこと嫌いなくせに、こんなふうに優しくするの……」
　小さな声でつぶやいたのに、夏向はそれを聞き逃さなかった。
「……嫌いだよ、冬花なんて」
　再び、あっけなく吐かれた"嫌い"という言葉。
「嫌いなら、なんで優しくするの……っ」
　この問いかけに、夏向は何も答えてはくれなかった。

気のせい

　長かった夏休みが明けた９月上旬。

　まだ夏の暑さが残る中、学校は今、文化祭に向けて絶賛準備期間中。

　１年生はクラスで模擬店(もぎてん)とかをやって、２年生は展示や出し物をやって、３年生は基本的に自由行動。

　ちなみにわたしのクラスの出し物は何かというと、コスプレ写真館というモノだ。

　いろんなコスプレの衣装を借りてきて、それに着替(と)えて写真を撮れるっていうやつ。

　正直、衣装をお店から借りてくればいいだけだから、居残りとかあまりなくて楽だし、大して接客とかしなくて大丈夫だし、客引きで外に声をかけに行くくらいが仕事。

　他のクラスは執事喫茶(しつじきっさ)とか、縁日(えんにち)とか、お化け屋敷(やしき)とかほんとにさまざま。

　そして、今は放課後。

　文化祭の準備に向けて居残りしている人たちが、ちらほらいる。

　わたしは基本当日まで仕事がないから、残る意味がないので帰る。

　教室を出ようと前の戸を開けたら、偶然目の前に人がいて、ドンッとぶつかってしまった。

「わっ……！」

相手の身体に思いっきり鼻をぶつけてしまい、ツーンと痛む。
「あっ、ごめんごめん！　大丈夫だった？」
　その声に反応して顔を上げると、そこにいたのは男の人。
　上履きの色を見て、先輩だということがわかる。
　金髪まではいかないけど、かなり明るい髪を軽くセットしていて、左右に1つずつピアスをしている。
　すごい派手な見た目だけど、夏向や佑都先輩に負けないくらい整った顔立ち。
　……っと、いけない。
　見とれている場合じゃなかった。
「あ、わたしのほうこそごめんなさい。きちんと前見てなくて」
　軽く頭を下げて、そのまま帰ろうとしたら。
「あっ、待って待って」
　前を塞がれて出られそうにない。
「な、なんですか」
　怪しむ目で先輩のほうを見てみれば。
「そんな怖い顔しないで！　いきなり引きとめたのは悪かったけど。今ちょっと人探しててさ」
「は、はぁ……」
　だったら、ますますわたしは関係ないんじゃ……？
「このクラスにさ、鈴本冬花ちゃんって子いるよね？」
　え……？
　あれ、この人今わたしの名前言わなかった？

き、気のせい……なわけないか。
　けど、この先輩の顔は見たことないし、かかわったこともないはずだし……。
　そんな人がいったいなんの用があるんだろ？
「たしか、このクラスだって聞いたんだけどなー。もう帰ったのかな？」
　教室を覗き込むように見ている謎の先輩。
　ってか、このパターン前にもあったような……。
　かかわったことない人にいきなり名指しで……。
　ほら、怖い女の先輩たちに呼ばれたとき。
　知らない人……とくに先輩とかに声をかけられるときは、だいたい佑都先輩が絡んでいることが多い。
　ということは……この人も佑都先輩絡みでわたしを探しているとか？
　ま、まさかとは思うけど、あの怖い女の先輩たちのときみたいに、どっか連れていかれたりしないよね……!?
　も、もしかしてこの人、佑都先輩に気があるとか……!?
　それでわたしのこと探し出して、懲らしめてやろうとか考えてないよね……!?
　佑都先輩って男の人にも好かれてるの……!?
　さまざまな妄想が頭の中で膨らんでいく。
　こ、ここは知らんぷりしておいたほうが、身のためかもしれない。
「あっ、えっと、冬花ちゃんならもう帰りました……よ？」
　自分で自分の名前を言うのに、めちゃくちゃ違和感を抱

いているけど、今はそんなことどうでもいい。
　幸いわたしの顔は知らないようなので、とりあえず早くここから追い出さないと。
「へー、帰ったのか。残念だなあ、会ってみたかったのに。佑都になんて言えばいいかなあ」
　ほら、やっぱり佑都先輩が絡んでるじゃん。悪いことが起こりそうな予感しかない。
　帰ったと言っているのにもかかわらず、疑っているのか、いまだに教室の中をキョロキョロ見渡して探している。
「ねー、冬花ちゃんってどんな子？」
「さ、さあ……？」
「クラスメイトなのに知らないの？　変な子だね」
　くっ、痛いところ突いてくるなぁ。
「俺、冬花ちゃんの顔知らないんだよねー。佑都から聞いた話だと、めっちゃ性格悪そうな顔してるからすぐわかるって言われたんだけどなあ」
「なっ！　別に性格悪いわけじゃ……！」
　はっ……、しまったぁぁ……！
　つい自分のことだから言い返してしまった。
　でも先輩の顔を見てみれば、キョトンとしていた。
　これはセーフ……？
　かと思えば、後ろから。
「あれ、冬花じゃん。あんたまだ帰ってなかったの？　今日居残りだっけ？」
　偶然、帰ろうとしていた樹里に声をかけられて、ガッツ

リ名前を呼ばれてしまった。
　ガーン……これじゃ完全にアウトじゃん。
「あっ、いや……あれ、わたしって冬花って名前だっけ？」
　無駄なあがきとしてとぼけてみるけど、事情を知らない樹里がまさか、それにノッてくれるわけもなく。
「はぁ？　あんた何ふざけたこと言ってんの。冬花は冬花でしょうが！　んじゃ、わたし帰るから。また明日ね」
　あっけなく、わたしが鈴本冬花であることがバレてしまった。
　おそるおそる先輩の顔を見てみると……。
　それはそれは、にっこりと素敵な笑顔を浮かべていらっしゃる。
「へー、冬花ちゃんって帰ったんじゃなかったっけ？」
「やっ、えっとぉ……」
　あからさまに目が泳いでしまう。
　もうバレてしまったからには仕方ない。
　逃げ場はないので、覚悟するしかない。
「あ、あの……！　佑都先輩のこと好きなのはわかるんですけど、それでわたしを懲らしめようとか、そういうのは違うと思うっていうか……」
「……は？」
「ま、まさか佑都先輩が男の人にまで好かれてるとは思っていなかったといいますか……」
　自分で喋っていて何を言ってるんだと思うし、相手の先輩も何言ってんだコイツって顔をしている。

「というか、わたしそこまで佑都先輩に好かれてないんで、なんならお２人が付き合っても……」
「は……？　いや、俺は佑都に頼まれてキミを呼びに来ただけなんだけど？」
「え？」
　あれ、じゃあ別に懲らしめようと狙われたり、恨まれたりしたわけじゃないってこと？
　思っていたことをそのまま話すと、先輩は大声をあげて、お腹を抱えながら笑い出した。
「ははっ、ははっ……！　いや、俺が佑都に好意を抱いてるって？　あー、無理無理、腹痛い……！　ちょー笑えるんだけど」
「そ、そんな笑わないでください……！　こっちは結構本気で思ってたんですから！」
「いやー、発想が豊かだね。佑都から聞いてたとおり面白いね、冬花ちゃんって」
「笑いごとじゃないですよ……。前にこんな感じで女の先輩たちに呼び出されて、殴られそうになったことあるんですから！」
　思い出しただけでもゾッとしてきた。
「へー、そんな怖い目に遭ったんだ。女の子って大変だね」
「そのときは、佑都先輩が助けに来てくれたからよかったですけど……」
　何気なく話してみたら、先輩は目を見開いて、あからさまに驚いた顔をした。

「佑都が自分から助けに来たの？」
「そ、そうですけど……」
「へー。あの佑都がわざわざ女の揉めごとに首突っ込んだんだ。珍しいこともあるもんだね」
「……？」
「基本的に、女は揉めるなら勝手に揉めとけって感じで放っておくタイプのヤツだからさ。自ら割って入るようなこと、いつもならぜったいしないよ」

　たしかに佑都先輩ってそういう人のような気がする。
「よほど冬花ちゃんのこと気に入ってるのかもしれないね」
「そんなまさか……」

　というか……。

　さっきから自然と会話してるけど、この先輩いったい何者なの？

　佑都先輩の知り合いみたいだけど。

　思ったことをそのまま聞いてみると、少しあわてた様子を見せながら言った。
「あー、ごめんごめん！　自己紹介してなかったね。俺は白坂洸ね。佑都と同じクラスで、幼なじみなんだー」
「は、はぁ……。それで、その幼なじみさんがわたしになんの用ですか？」
「えー、つれない呼び方だなー。せめて名前で呼んでよ」
「じゃあ、白坂先輩がわたしになんの用ですか……！」

　この人、佑都先輩と似ている話し方をするから、少しイラッとして口調が強くなってしまった。

「わお、怒らせると怖いね。じゃあ、手短に用件だけ言うと、今から冬花ちゃんは暇ですか？」
「はい？」
「うん、そっか。暇だよね。じゃあ俺についてきてくれるかな？」

　いや、ちょっと待って！
　まだ何も返事してないんですけど!?
　抵抗する間もなく、めちゃくちゃ強引に教室から連れ出された。
「ちょっ、ちょっと！　どこに連れていく気ですか！」
　学校を出て、腕を引かれたまま、行き先も告げられず見慣れない景色が流れる道を歩く。
「んー、まあ、ついてきて損はないから。ってか、ついてきてくれないと俺が佑都に怒られるんだよね」
「いや、意味わかんないんですけど……」

　結局、抵抗するのも無駄だと思い、歩き続けること20分くらい。
　電車を乗り継ぎ、知らない駅で降りて、再び歩かされている。
　何も話さず歩いていると、突然白坂先輩が口を開いた。
「佑都さー、今ケガして学校休んでるんだよねー」
　え……？
　佑都先輩ケガしてたの？
　しかも休んでるって。

「まあ、そんな重傷ってわけでもないんだけどさ。足首ひねったくらいだし？　バランス崩して階段から落ちたみたいなんだよね」
「は、はぁ……」
　佑都先輩でもそんなドジするんだ……と思いながら足を進める。
「女に突き飛ばされたみたいだけど」
「は、はぁ……って、はぁ!?」
　お、女に突き飛ばされたって、いったい何したの!?
「関係切るために話つけたら、突き飛ばされたらしいよ」
　ハハッと笑いながら白坂先輩は話すけど、それって一歩間違えたら……というか、普通に犯罪に近くない??
「なんか佑都のヤツ、女関係ぜんぶ切ってるみたいなんだよねー。"女にだらしない"で有名なくせにさ」
　なんでいきなりそんなことしてるんだろうって疑問には思うけど、そこまで深くは突っ込まなかった。
「多分だけど……アイツ本気になったのかなーって思う」
「……？」
　いまいち理解できず、会話はそこで終了。
　そしてようやく到着した場所に驚いた。
　目の前にそびえ立つ高層マンション。
　な、なんだここ……。
　驚いて口をあんぐり開けていると、白坂先輩に「ほら、そんな間抜けな顔してないで行くよ」と、さらっと侮辱の言葉を吐かれた。

中に入ってみると、エントランス広すぎだし、どこかの高級ホテルかよって突っ込みたくなるくらいきれい。
「あの、ここどこですか？」
「佑都の家」
「はぁ!?」
　いや、なんで佑都先輩の家に連れてこられたの？
　あわてるわたしを差し置いて、白坂先輩が部屋番号を打ち込み、佑都先輩らしき人の声が聞こえて、目の前の自動ドアが開いた。
「はい、中に入るよー」
「えっ、ちょっ……！」
　半ば強引に中に連れ込まれ、エレベーターに乗る。
　動き出した瞬間、ふわっとする苦手な感覚に襲われる。
　おまけに何階まで行くのかわからなくて、上がっていく間に耳が変なふうになる。
　そして、ようやくエレベーターが止まった。
　そこで降りると、目的の部屋の前で白坂先輩が足を止めて、インターホンを鳴らす。
　すぐに出てくるかと思いきや、なかなか出てこず。
　かと思えば、突然扉がガチャッと開いた。
　中から出てきたのは、もちろん佑都先輩なわけで。
　ダボッとした黒のスウェットを着てご登場。
「おー、やっと出てきたか。インターホン押しても全然出てこねーから、中でぶっ倒れてんのかと思った」
　佑都先輩がギロッと白坂先輩を睨む。

「おいおい、そんな怖い顔すんなよ。お待ちかねのお姫(ひめ)さまをちゃんと連れてきてやったんだからさー?」
　そう言うと、わたしの肩をつかみ、佑都先輩に差し出すように前に押してくる。
「久しぶりだねー、冬花ちゃん」
「あ、あの、なんでわたしがここに呼ばれ——」
　まだ話している途中にもかかわらず……。
「んじゃ、洸は帰っていいよー。冬花ちゃん連れてきてくれたから、もう用ナシ」
「ははっ、お前冷たいのな」
　え、いや、わたしの話聞いてよ!
「佑都が言ってたとおり、冬花ちゃんって面白い子だよな。お前が気に入るの、よくわかるわー」
「あんま余計なこと喋ると、俺と同じ目に遭わせるけど」
「うわっ、こわっ!　俺はお前みたいなヘマしねーから!」
　白坂先輩って、佑都先輩に負けず口が達者というか。
「んじゃ、俺はそろそろ行くわー!」
「えっ、ちょっと待ってください!　白坂先輩もう帰るんですか!?」
　白坂先輩がいなくなったら、わたしと佑都先輩2人になるんだけど!?
「んー、だって俺は佑都に冬花ちゃんを家まで連れてこいって言われただけだし?　というわけで俺帰るからー。あとは2人でイチャイチャ楽しんでねー」
「えっ……ま、待っ……」

引きとめるわたしの声を無視して「バイバーイ」と、こっちに手のひらを振りながら呑気に帰ってしまった。
　残されたわたしは、ジーッと佑都先輩の顔を見る。
「んー、どうかした？　もしかして俺の顔に見とれてる？」
「違います！　やめてくださいよ、そんなナルシスト発言。……って、そもそもなんの用ですか！」
　ほんとなら、今すぐここから走り出してやりたい。
　だけど佑都先輩は、まるでわたしの考えていることを先に読んでいるかのように、黒い笑みを浮かべながら手首をつかんでくる。
「冬花ちゃんに会いたくなったから呼んだ。これじゃ理由にならない？」
　声のトーンがいつもと違って、本気に聞こえるのは気のせい？
「なんか１人だとさびしくてさー。久しぶりに冬花ちゃんの元気な声が聞きたくなったから」
「っ……」
「ちょっと話し相手になるくらい付き合ってよ。お菓子とか甘いものたくさんあるよ？」
　いつもより先輩が少しだけ弱っているように見えたから、なんだか断りづらい。
「へ、変なことしないでくださいね！」
「変なことって、何されるの期待してたの？」
　フッと軽く笑いながら、腰に手を回してきた。
「ちょっと……！　どこ触ってるんですか！」

思いっきり突き飛ばしてやろうかと思ったけれど。
「えー、俺ケガ人だから許してよ」
「し、知らないです！　いいから離れてください！」
　ケガ人とは思えないくらい、ピンピンしてるじゃん。
　くっついてくる先輩を無理やり引き離して、家の中にお邪魔した。
　廊下は結構長くて、左右どちらにもたくさんの部屋があるようだ。
　家族の人とか不在なのかな。
　そこを抜けてリビングに入ると、とてつもない広さに目を真ん丸にする。
「うわ……な、何これ……」
　まさにお金持ちが住んでいそうな空間。
　大きな窓に、大きなテレビ。
　床は大理石だし、近くにあるソファはでかいし。
　何もかも次元が違う。
　１人で圧倒されていると、佑都先輩は大きなＬ字形のソファの上にドサッと座った。
「先輩って何者ですか……」
「何者って、ごく一般的(いっぱんてき)な庶民(しょみん)だけど」
「これが庶民だったら、世の中金持ちまみれですよ」
「ははっ、金持ちまみれって面白いこと言うねー」
　すると、今座ったばかりなのに、急に立ち上がってキッチンのほうに向かった。
　歩く姿を見て、今も若干足を引きずっているのがわかる。

「あ、大丈夫ですか。何か手伝いましょうか？」
「へー、冬花ちゃんにしては気がきくね」
「ひと言余計です」

　キッチンを借りて、先輩にはコーヒーを、自分には紅茶をいれた。

　先輩が座っているソファの近くにある、大きなガラステーブルにマグカップを２つ置く。
「あ、そーだ。悪いんだけどついでに、あそこにある白い袋取ってくれる？」

　キッチンのそばにあるダイニングテーブルのほうに、何やら白い大きな袋が２つ置いてある。

　言われたとおり取りに行き、先輩が座る位置より少し距離を空けてソファに座った。

　そして、手渡しすると先輩がその２つの袋をひっくり返して、ガラステーブルの上に中身をドバッと出した。

　何が出てくるのかと思えば。
「え、何これ……、お菓子？」

　まるでコンビニにあるお菓子の棚ごと買い占めてきたのかってくらい。

　チョコやグミ、アメ、クッキー。

　その他にも、タピオカが入った飲み物とか。
「こんなにお菓子買ってどうするんですか」
「これぜんぶ冬花ちゃんにあげようと思って」
「はい？」
「女の子ってお菓子好きでしょ？」

「……ま、まあ、たしかに嫌いな子はそんなにいないと思いますけど。……だからってなんでこんなに買ってるんですか！　買いすぎですよ」
「だってさー、冬花ちゃん何が好きかわかんないから」
　少しだけ身体を寄せながら、そう言う先輩。
「俺、冬花ちゃんのこと何も知らないんだよ。好きなものも嫌いなものも」
「……そ、そんなこと知って、どうするんですか」
　ソファについていた手の上に、そっと佑都先輩の手が重なった。
「どうもしないよ。ただ知りたいって思うから」
「っ、なんですか、それ……」
　変なの。
　この前から先輩が妙に本気っぽく見えて、わたしの知っているおちゃらけた先輩は、どこかへ行ってしまった。
「俺が知ってるのは、木咲くんのことだけだから」
「っ……」
　手から伝わってくる熱と、先輩の言葉に体温が徐々に上がっていく。
　すると、重なっていただけの手が今度は肩に触れて、そのまま身体ごと先輩のほうに寄せられた。
　優しい石けんの匂い……。
「なんでさ、木咲くんじゃなきゃダメなの？」
「そんなのわたしが聞きたいくらい……です」
　嫌いになれるものなら嫌いになって、他の人を見ること

ができたら、気持ちは今よりどれほど楽になるか……。
「ねー、冬花ちゃんさ」
「なん……ですか」
　スッと身体を離れて、わたしの顔を覗き込むように見てくる。
「俺が、冬花ちゃんのこと本気だって言ったらどうする？」
　ドクッと、心臓が強く音を立てた。
　そんなわけないと、冗談だと思いたいけれど、最近の先輩の様子と白坂先輩が言っていた……女の人との関係をすべて切っているって……。
　そのせいで足にケガまでして。
「どうしたら、冬花ちゃんの中にずっといる木咲くんを消すことができる？」
「本気……ですか」
「本気だって言ったら？」
「こ、困ります……」
　先輩とは仮でも付き合っているとはいえ、まともに手を繋いだこともなければ、キスだってキス以上のことだってしたことない。お互い気持ちがあるわけじゃなくて、わたしは夏向の気持ちを試したかっただけ。
　先輩もそれを承知の上で、軽い気持ちから始まったものだったのに。
　困った顔をして先輩のほうを見てみれば、いきなりハハッと笑いながら。
「あーあ、なんでかなあ。昔から欲しいものってなんでも

手に入ってきたのに」
「……？」
「本気で欲しいものって、なかなか手に入らないってよく言うもんね」
　わたしの長い髪に指を絡めながら、そのまま髪に軽くキスを落とした。
「素直じゃなくて、いつも強気で、人に甘えることが苦手で、さびしがり屋。……なんでかなあ、そういう子って俺の好みのタイプじゃないんだけどね」
「タイプじゃないなら、やっぱりさっきのは嘘──」
　話している途中だったのに、佑都先輩の人差し指がそっとわたしの唇に触れた。
「……冬花ちゃんは特別だよ。そういうところも含めて、ぜんぶ、愛おしいんだよ」
　心臓がバカみたいに暴れてる。
　おかしいよ……。
　佑都先輩相手にこんなドキドキしてるなんて。
「せ、先輩……」
「ん？」
「足……、大丈夫……ですか？」
「いい雰囲気(ふんいき)だったのに、いきなりぶち壊(こわ)してくるあたりさすが冬花ちゃんだね」
　ふと下を見てみたら、スウェットの裾から包帯をぐるぐるに巻いて痛々しい足が覗いているから心配したのに。
　話の流れを切ってしまったのは申し訳ないけど。

「白坂先輩から聞きました。女の人に突き飛ばされたんですよね？」
「……アイツ、余計なこと喋りやがって」
　頭を抱えて、都合の悪そうな顔をしているから、知られたくなかったのかな。
「なんでそんなことするんですか。先輩らしくないですよ」
　わたしの知ってる先輩は、女にだらしなくて、クズで腹黒くて、他人をからかうのがうまい人……。
　そんな人が、自ら女性との関係を切るために話し合いをして、おまけにケガまでするなんて。
「じゃあ聞くけど、俺らしさってなんなの？」
「さ、さあ……」
「何それ。わかんないのに俺らしくないとか言っちゃダメでしょ」
　だって、思ったことをそのまま言ったら、それこそ怒られそうだから、ごまかすしかないし。
「ほんと冬花ちゃんって変わり者だよね」
「先輩こそ……」
「まあ、その変わり者の冬花ちゃんに本気になってる俺はもっと変わり者か」
　どうやら、多分……。
　先輩は本気……なのかもしれない。
「あ、そーだ。冬花ちゃんに渡したいものあるんだよね」
「え？」
　先輩こそ話ぶった切るの得意じゃん……とか思っている

と、ソファのすぐそばに置いてあった大きなピンク色の袋が目に入る。
　赤いリボンが結ばれていて、あきらかにプレゼント用に包装された感じ。
「はい、これ冬花ちゃんにあげる」
　そう言って渡されたけど、なかなかの大きさなので両手で受け止める。
　大きいけれど、重さはそんなにない。
　しかもなんか、やわらかいし。
「な、なんですか、これ」
「開けてみたら？」
　リボンをシュルッとほどき、袋から取り出してびっくり。
「え……、ぬ、ぬいぐるみ……？」
　出てきたのは、かなり大きな茶色のクマのぬいぐるみ。
　触り心地がふわふわしていて、抱き心地もとてもいい。
「前にさ、冬花ちゃんの部屋に行ったときに何もなかったから。それ置いといたら、少しは女の子らしい部屋になるかと思ってね」
　たしかに、わたしの部屋は全然女の子らしくない。シンプルすぎて、可愛いインテリアなんてないし。
　でも、これだけ大きなクマが部屋にあれば、あの色のないさびしい部屋も、だいぶマシになるかもしれない。
「まあ、さびしくなったら抱きしめて眠るといいよ。抱き心地いいでしょ？」
　クマを抱きしめながら、コクリとうなずく。

「へー、素直じゃん。それじゃなくて、俺のこと抱きしめてもいいのに？」
「だ、大丈夫です」
「つれないねー」
「あっ……、でもこんな高そうなの受け取れないです」
「なんで？　俺があげるって言ってるのに？」
「だ、だったらお金払います」
　先輩お金持ちだから、ぜったいとんでもない値段でこのクマを買ってきたような気がするもん。
「そこは素直に『ありがとうございます』って受け取っとくもんだよ」
「で、でも……」
「んー、だったら身体で払う？」
「なっ……！　だ、大丈夫です、ありがとうございます」
　な、なんてこと言うんだ、まったく。
「ははっ、どういたしまして」
「先輩ってお金持ちのボンボンなんですね」
「もっと他に言い方あるでしょ。どこかの国のイケメン王子さまとかさ？」
「じゃあ、お金持ちのお坊ちゃんなんですね」
「んー、まあ世間から見ればそうかもね。金と女に困ったことはないよ」
　うわ……すごく嫌味っぽく聞こえる。
「まあ……でも、本気で欲しいものほど手に入らなかったりするけどね」

先輩の長い腕がそっと伸びてきて、優しくわたしの頬を包み込んだ。
　そして、おでこに軽くキスを落としてきた。
「お礼はこれでいいや」
「っ……！」
　ドキッとしたなんて、ぜったい、ぜったい、気のせいだから……。

想い出

　まだ文化祭の準備期間が続いている、9月の放課後。
　わたしは樹里と、ある場所へと向かった。
「遅れたけど誕生日おめでとー」
「ありがとう……！」
　今日は少し遅れて樹里がお祝いということで、パンケーキを奢ってくれることになった。
　最近、駅の近くにオープンしたお店だ。
　誕生日当日はわたしの体調が悪くて、会うことができなかったので、ちょうど1ヶ月が経った今日、あらためてお祝いをしてくれたのだ。
「いやー、にしても年取るの早いねぇ。あっという間に20歳とかになってそうで恐ろしいわ」
　樹里が、ホイップクリームが山のように盛られたパンケーキにフォークを刺しながら言う。
「ほんと月日って経つの早いよね」
　わたしもパンケーキを食べながら応えた。
　そして、一緒に頼んだミルクティーを口に含んだとき。
「んで、最近黒瀬先輩とはどうなの？」
「ぶっ……!!」
　不意打ちに聞いた名前に動揺して、ミルクティーを軽く噴き出した。
「やだ、汚い。何そのあからさまに何かありましたって反応」

「い、いや、何かあったというか……」
　手元にあったおしぼりで口元を拭きながら、数日前に佑都先輩の家に行ったときの出来事を話した。
　すべて聞き終えた樹里は、結構驚いた様子を見せる。
「へー、あの黒瀬先輩が本気になったか。面白い展開じゃん」
　複雑な表情を浮かべるわたしとは対照的に、樹里は愉快そうに笑いながら、アイスティーをストローで吸う。
「いいじゃん、冬花に本気になってくれたなら、そっちを選べば。ルックスは整ってるし、金は持ってるし。文句なしじゃない」
「金って……。世の中、見た目とお金がすべてってわけじゃないじゃん」
「何を言うか。んじゃ、あんたの選んだ木咲夏向はどうなってんのよ。あれこそ見た目はいいけど、中身はただのクズでガキじゃん」
　クズでガキって。
　何もそんなはっきり言わなくても。
　事実だから否定できないけれど。
「樹里さまのおっしゃるとおりであります……」
「あんな男さっさと切り離しなさい。深入りしないこと。いい？」
「は、はい……」
　こうして相談をしたら、いつものごとくお説教をされた。
　他にもいろいろ他愛のない話をしていたら、あっという間に時間は過ぎたので、パンケーキ屋さんで散々喋ったあ

と、喋り足りず近くのファミレスへ。
　ファミレスでは山盛りポテト、あとはドリンクバーだけで、何時間も喋っていた。

　お互い時間を気にせず話していて、気づいたら夜の9時半を回っていた。
　樹里と別れてから、薄暗い街灯が照らす夜道を、1人で歩く。
　さっきまで、騒いで楽しい時間を過ごしたからか、急にわたしだけになると、異常なまでの孤独感に襲われる。
　1人はもう慣れたはずなのに……。
　住宅街を歩いていると、ある家から漏れている声が耳に入った。
「きゃぁぁ、パパァ‼」
「こらっ、ダメだろう！」
　小さい子と、お父さんらしき人の声。
　バシャバシャと水の音が聞こえて、声が反響していることから、おそらく一緒にお風呂に入っているんだと思う。
　ごく普通の、温かくて幸せそうな家族。
　当たり前のようにある家族の形は、わたしにとっては全然当たり前じゃない。
　あぁ……やだな、もう……。
　夏向と出会ってから、こんな気持ちになることは減っていた。
　きっとそれは、なんだかんだ夏向と一緒にいる時間が多

かったから。
　自分から夏向との曖昧な関係を断ち切るために、離れることを選んだくせに。
　いざ離れたら、会いたいとか、そばにいたいとか、こんな気持ちばかり出てくるのはどうしてなんだろう。
　どうしようもない想いを胸に抱えながらフラフラ歩いていたら、見覚えのある場所に着いていた。
　……懐かしい。
　夏向と初めて出会った場所でもある、小さな公園。
　最近は、まったくと言っていいほど来なくなった。
　思い出に吸い込まれるように、明るい街灯が照らす公園の中に足を踏み入れて、ブランコに座った。
　相変わらず錆びていて、ギコッと音を鳴らしながら、地面を蹴る。
　見上げると、1年前に夏向と出会った頃と同じくらい、きれいな夜空が広がっていた。
　ぜんぶ、この場所から始まった。
　出会ったのはほんとに偶然。
　ここで出会っていなかったら、きっと、わたしと夏向の人生が交わることはなかった。
　なんでこんなふうにすれ違ってしまうんだろう……？
　出会い方から間違っていた？
　お互い、さびしくて孤独で。
　その感情を埋めるために、誰かを必要としていて。
　それが変に絡まって、こじれてしまったせい。

そして、わたしが夏向を好きになったから……。

気持ちを伝えられないのがもどかしくて、苦しくて、こんな関係やめにしたくて……。

でも、結局わたしには夏向が必要だった……。

「っ……」

気づいたら、視界がゆらゆら揺れている。

地面に足をつき、ブランコの錆びた鎖をギュッと手で握り、下を向いた。

1年前と同じように、涙がポタポタと地面に落ちていき、砂の上に染みを作る。

「か……なた……っ」

ほんとにほんとに矛盾ばっかり。

わたしの中にいる夏向は全然消えてくれない。

優しくもないし、自分勝手で、子どもっぽくて。

でも、こんなどうしようもない、強がりで素直じゃないわたしのそばにいてくれたのは夏向だけ……。

想えば想うほど、胸が苦しくなって、涙がとめどなく溢れてくる。

1年前はこうやって泣いていたら、いきなり目の前に影が重なって、顔を上げたら夏向がいて。

昔の記憶を少しずつたどっていると……。

目の前に影が重なり、ふっ、と暗くなった。

誰かがわたしの前に立っている。

おそるおそる、顔を上げてみたら……。

「う、うそ……な、なんで……っ」

そこにいるはずのない人物がいて、驚きを隠しきれない。
　涙のせいで視界は霞んでいるはずなのに、相手の顔がしっかり見えるのは１年前と同じ。
「どうしてっ……夏向がいるの……」
　目の前に立ち、大きな影を作っているのは夏向だった。
　相変わらず表情を崩さないで、何も言わないまま、空いている隣のブランコに座った。
　こちらを見ようとはせず、夜空を見上げながら。
「……今日はなんで泣いてんの？」
　いつもより穏やかで優しい声に、胸がギュウッと締めつけられる。
「な、なんでも……ない……からっ」
　口が裂けても『夏向に会いたくて、恋しかった』なんて言えるわけがない。
「……ふーん。なんでもない人が泣くとは思えないけど」
「夏向こそ……、なんでここにいるの……」
　震える声を抑えながら、ここに来た理由を尋ねる。
「……別に。ただ散歩しに来ただけ」
　素っ気ない返事の仕方。
　これがほんとなのか嘘なのか、わからない。
　夏向は自分の感情を相手に読み取らせないから、いつも本心が見抜けない。
「そっちこそ、こんな遅くまでどこ行ってたわけ？　１人でいたら変なヤツが寄ってくるよ」
「……樹里が、遅めの誕生日のお祝いしてくれたから。そ

れでいろいろ話してたら遅くなったの……」
　あぁ、別にこんなバカ正直に答えなくてもいいのに。
　関係ないって言ってやればよかったのに。
　すると、夏向は黙り込んでしまい、しばらくの間、沈黙が続いた。
　会話は途切れてしまったけれど、なぜか無言でも苦しくならない。
　出会ったときからそう。
　そばにいてくれるだけで、心地がいいから。
　再び、地面を蹴ってブランコを揺らせば。
「……冬花、すごい変わった」
　突然、夏向が口にした言葉を理解できなかった。
　わたしそんなに変わった……？
「それなら夏向だって……変わったよ」
　顔立ちがさらに大人っぽくなって、ますます魅力的になった。
　反対にわたしは何も変わらず、子どもっぽさが抜けていない。
　なのに……。
「……冬花すごくきれいになった」
　心臓が強くドクッと音を立てて、顔がどんどん赤くなっていく。
　単純……。夏向のたったひと言で、心拍数は簡単に上がって、顔も火照ってくる。
　ずるい……ほんとにずるい。

上げたり、落としたり。
　感情がジェットコースターみたいに忙しい。
　どんなに嫌われても。
　いちばんになれなくても……。
　夏向が他の女の子を見ていても……。
　手放すはずだったのに……そう簡単にはいかなかった。
　すると夏向が急に立ち上がり、わたしの前に立った。
　そして、両手で優しく包み込むようにわたしの頬に触れながら、顔を上げさせる。
「……顔、赤いよ」
「み、見ないで……っ」
「やだよ、もっと見せて」
　目を合わせることに限界を感じて、ギュッと閉じる。
　すると、上からフッと笑い声が聞こえて……。
　夏向の指先が、そっとわたしの右耳に触れた。
　触れただけかと思えば、耳たぶのあたりを優しくなぞるように触ってくる。
「……そのまま目閉じてて」
　言われたとおり、ギュウッと力を込めて目をつぶっていると、耳元に違和感があった。
「ん、できた」
「……？」
　よくわからず目を開けると、夏向の顔が思った以上に近くにあって、目が合ってしまったから、横にそらした。
「な、何……したの……っ？」

不自然さ丸出しの話し方で、違和感のある耳元に手を伸ばして驚いた。
「……えっ」
　戸惑って混乱して、さっきまでそらしていた目を夏向に合わせる。
「その色、冬花に似合ってる。青好きでしょ？」
　青って聞いて、真っ先に夏向の耳元へ視線を移すと、いつものきれいな青色のピアスが光っている。
「こ、これって夏向と同じ……ピアス……っ？」
　触った感じが、同じ形のような気がするし、青って言ったから。
「……そーだよ。俺と一緒のやつ」
　ずるい、ずるい……っ。
　なんでこんなことするの……っ。
　いろんな感情が混ざって……それが涙に変わって、目にたまる。
　すると、ふわっと夏向の温もりに包み込まれた。
　さっぱりした柑橘系の匂いが鼻をくすぐる。
　わたしのこと嫌いって言ってたくせに、なんでこんなことするの……？　変に期待しちゃうじゃんか……。
　胸の奥にある、夏向への気持ちを口に出してしまいそうで怖い。
「遅くなったけど、俺からのプレゼント」
「っ……、ずるいよ、夏向のバカ……っ」
　抱きしめられながら、夏向のシャツをギュッと握る。

素直に"ありがとう"なんて言える余裕は、今のわたしにはない。
　嬉しい気持ちだってあるけれど、それよりも、どうしてわたしに同じピアスを贈ってくれたのか……。
　これじゃまるで、夏向の"特別"になったみたいに錯覚してしまうから。
「……ずるいのは冬花も同じ」
「な、何が同じなの。わたしのこと嫌いなくせに、なのになんでこんなものプレゼントするの……っ！　もう夏向のことわかんないよ……。嫌い……きら……っ」
　もう聞きたくないと言わんばかりの顔をして、無理やり止めるように唇を塞がれた。
　無理やりなのに、優しくて……。
「嫌いでいいから、俺のものでいてよ……冬花」
　想いは矛盾ばかりで交わらない……。

Chapter. 4

波乱

「冬花!! いい加減にこれ着なさい!!」
「ぜったい無理!!」
　わたしは今、ハートの女王の姿をした樹里から逃げるために必死に教室を走り回っている。
　なぜ逃げているかって、樹里がアリスの衣装を片手に持って、追い回してくるから。
　今日は文化祭当日。
　わたしは午前中に、客引きのみをやればいいと言われていたんだけども。
「客引きはするけど、コスプレするなんて聞いてない！」
「はぁ？　あんたまさか、その地味なクラスＴシャツで客引きするつもりなわけ？」
「そ、そのつもりですけど……！　だってコスプレして写真撮るのは、お客さんじゃん！」
　教室中に、わたしと樹里の大きな声が響(ひび)く。
　そんな様子を、クラスメイトたちは苦笑いで見ている。
「あのねぇ！　なんのために冬花を客引きに出すと思ってんの！」
「し、知らない！」
「客を捕(つか)まえてくるためでしょーが！　売上かかってんのよ！　あんた可愛いんだから、これくらい我慢しなさい！」
　結局、樹里から逃げられずに捕まってしまい、無理やり

着替えさせられた。
　青いワンピースに白いエプロン。おまけにカチューシャまで……。
　全身鏡の前に立つ自分に鳥肌が立った。
「ほらー、可愛いじゃないの」
　樹里は満足そうな顔で言うけれど、これが可愛かったら世の中ぜったい終わってる。
「こ、こんな格好で外歩いたら目立つじゃん！」
「なに言ってんの。目立たなきゃ意味ないでしょ。客が来なきゃ売上ないんですけどー？」
「んな、期待されても困るし！」
　他の子だって、外に出て客引きするんだから、何もわたしにばっかり圧かけなくてもいいじゃん！
「他の子よりあんたが可愛いから期待してんの」
「うっ……」
　やっぱりこの格好で午前中をのりきるしかないみたい。

　時間になり文化祭がスタートした。
　土曜日ということもあり、外部の人も参加オーケーなので、在校生含めて人の数がめちゃくちゃ多い。
　クラスメイトの子たち数人と、固まって教室を出たはいいものの、入り口の門付近はすでに人がすごいことになっていた。
　門から少し奥に進むと、大きなステージが設営されていて、そこでいろいろ催し物があるらしい。

とにかく盛り上がりがすごい。

在校生もかなり派手に盛り上がっていて、こんな中でお客さんを捕まえるなんて無理があるんじゃ？と思う。

とりあえずクラスの子たちと離れないようにした。

だけど、みんな活発によく動いて、いろんな人に声をかけにいっているから、あっという間に散ってしまい、1人になってしまった。

うわ……最悪の事態だ……。

こんな目立つ格好をして、1人で取り残されるなんて。

どうしよう……。多分教室に戻っても、樹里に怒られてどうせまた外に出されるだろうし。

こうなったら空き教室にでも隠れて、午前をのりきろう。

我ながらナイスアイディアと思いながら、校舎のほうへ足を向けると。

「ねーね、そこの可愛い子っ」

ハイテンションな声が後ろから聞こえて、手首をつかまれた。

振り返って見れば、そこにいたのは黒髪と、赤い髪をした男の人たち2人組。

見た感じ、年齢(ねんれい)は大学生くらい。

こういう人たちに捕まるとめちゃくちゃ厄介だから、気づかないフリをして逃げようにも、手首をつかむ力が強くて振りほどけない。

「キミさー、ここの学校の子？　めちゃくちゃ可愛いよね、これコスプレ？」

ニヤニヤした顔で、髪や顔に触れてくる。
　これだから嫌だ……。
　外部の人が入ることを許される文化祭は、こういうトラブルが絶えないから。
「あ、あの……、放してください。用事があって急いでるんです」
　今は人がたくさんいるからいいけれど、これで人気のないところに連れていかれたら、何をされるかわからない。
「えー、俺たちわざわざ時間作ってここに来てるのにー？　それはないでしょー」
「そうそう〜。キミのクラスがやってるお店行ってあげるから、俺たちと連絡先交換しない？」
　交換なんてしたくないけど、この場を安全にのりきるにはするしかない。
　どうせあとでブロックして、連絡取れなくしちゃえばいいから。
　今だけの辛抱だと思って、ポケットに入れていたスマホを取り出そうとしたら。
「はーい、ストープ」
　聞き覚えのある声がしたから、ポケットに突っ込んだ手を止めて、声のするほうを向いた。
「すみません、そーゆーナンパは他でやってくれます？」
　そう言いながら、わたしを後ろから抱きしめた……佑都先輩。
「この可愛い子は俺の彼女なんですよ。だから、気安く手

出されると困っちゃうんですよね」
　首を少し後ろに向けて佑都先輩の顔を見ると、目が笑っていなくて圧がすごい。
「あ、な、なんだっ。彼氏いたんだねー」
「ははっ、そ、そりゃそうだろー。こんだけ可愛かったらな。いやー、すみませんでしたー！」
　あわてる様子を見せながら、去っていった２人組。
　さっきまでのしつこさが嘘みたい。
　明らかに向こうのほうが年上なのに、そんな人たちをビビらせてしまう先輩って……。
「あ、あの……、助けてくれてありがとうございました」
「どーいたしまして。ってか、危ない格好してるって自覚してる？　まさかそれで校内歩き回るつもり？」
「こ、これが仕事なもので……」
　できることなら、こんな格好したくないけども。
「それは困るねー。また変なヤツに捕まっちゃうよ？」
「だ、大丈夫です。そのときは自分でなんとかするので」
　今はたまたま絡んできた相手が悪かっただけ。
　目立たないようにしていれば、さっきみたいな目には遭わないはず。
「なるほどねー。冬花ちゃんは学習能力がないおバカさんってわけか」
「は、はぁ!?」
「それとも、自分の可愛さを自覚していないおバカさんなのかな？」

「あ、あの、さっきからバカバカってそんな言わなくてもよくないですか!?」
「だってバカだから。俺が助けに来なかったらどうなってたかわかってる?」
「わかってますよ、危なかったですよ」
「それ自覚してんなら、今すぐその服脱いでくれたほうが俺的にはありがたいけどなー。可愛い彼女をこれ以上、他の男の視界に入れたくないから」

　圧をかけるように笑ってくるから、めちゃくちゃ怖いんですけど。

　するとわたしの手を引いて、校舎の中へと入っていく。
「えっ、ちょっ、先輩。わたし外でお客さん捕まえないと、クラスの子に仕事しろって怒られるんですけど!」
「んじゃ、俺がお客さんになってあげるから。冬花ちゃんのクラスに案内してよ」

　あっ、そうか。

　先輩を連れていけば、いちおうお客さんにカウントされるんだ。

　教室の前に着いてみると、なかなか賑わっていて、コスプレの衣装を着てはしゃいで写真を撮っている子たちがちらほらいる。

　すると、タイミングよく教室の中から樹里が出てきた。
「こらー、冬花!　あんたサボってないでお客連れてきなさいよ!」

「ちゃんと連れてきたもん」
「はぁ？　まさか、その隣にいる黒瀬先輩？」
「そうでございます」
「ふーん？」
　樹里が上から下まで佑都先輩をジーッと見る。それも怪しそうに。
「まあ、お客として来たならいいですけどー。冬花にちょっかい出すために来たなら追い返しますから」
「おー、恐ろしいねー。美人は性格きついっていうのはほんとだ」
「お褒めの言葉、どうもありがとうございまーす」
　２人ともぜったい相性悪い。
　お互いかろうじて笑顔を作っている感じ。
「あ、そーだ。冬花ちゃんのこのコスプレなんだけどさ、今すぐやめさせてくれないかなー？」
「はぁ？　それは無理ですね。冬花はウチのクラスの看板背負ってるんで」
「キミもそこそこ美人なんだから、キミが冬花ちゃんの代わりに頑張ってよー」
　そこそこって……。
　樹里の顔を見ると、こめかみに怒りマークがたくさんついているように見える。
　今にもキレてしまいそうな、引きつった笑顔をなんとか保っている。
　２人を交互に見ながら、この場をどうのりきろうか、悩

んでいたときだった。
「木咲くんが倒れたって噂聞いた?」
「え、うそ、まじ!?」
　たまたま、わたしたちの近くを通った女子2人組の会話を耳にして、心臓が嫌な音を立てた。
　夏向が……倒れた……?
　とっさに、片方の子の手をつかんで、引きとめていた。
「え……?　な、何?」
　手をつかまれた女の子は、かなりびっくりした顔をしている。
「あの……、夏向が倒れたって……」
「あぁ、そのことね。なんか外にあった看板が急に倒れてきたみたい。木咲くんが偶然その前を通ったみたいで、看板の下敷きになったって……」
　身体が一瞬でゾクリとして、それからヒヤリとした。
　頭が真っ白になって、固まったまま動くことができない。
　夏向は無事なの……?
　倒れたって、下敷きになったって……。
「今、保健室にいるって聞いたけど」
「よ、容態は……っ」
　女の子の腕をつかむ手が、情けないくらい震えて力が入らない。
「それは、わたしにはわからないけど……。実際に倒れたところを見ていたわけじゃないから」
　そう言うと、わたしの手を振りほどいて女の子は去って

いった。
「……冬花、大丈夫?」
　樹里が心配そうに声をかけてくれている。
　そうだ……今この場には樹里もいて、佑都先輩もいることが頭から離れていた。
「だ……いじょぶ……」
　情けない、ほんとに情けない。
　こんな声しか出せないなんて……。
「大丈夫って言うくせに、なんでそんな泣きそうな顔してるのよ。心配なんでしょ、木咲くんのこと」
「っ……」
「今の話が事実かどうかわからないけど、たしかめに行ったほうがいいんじゃない?」
　樹里の言うとおり、今すぐに夏向の容態を知りたい。
　だけど、わたしが心配したところで何ができるの……?
　というか、そもそもわたしは彼女でもないのだから、心配する資格なんてない。
　すると、この場にいてずっと黙っていた佑都先輩が、わたしの手をつかんだ。
「……ちょっと冬花ちゃん借りるよ」
　いつもより数倍低い声で、樹里に向けて言った。
　樹里はいつもと様子が違う佑都先輩に、感じ取ったものがあるのか何も言わなかった。
　身体にうまく力が入らなくて、手を引かれるがまま。
　足元がフラフラして、おぼつかない。

先輩がつかむ手のおかげで、身体のバランスを保てているといってもいいくらい……。
　そして、連れてこられたのは資料室。
　中に入ると、しばらく風を通していなかったのか、湿気がすごい。
　戸が雑に閉められ、壁に身体を押しつけられた。
　おそるおそる顔を上げてみれば、佐都先輩の顔は、いつになく真剣だった。
　いつものようにふざけている様子はない。
　表情をいっさい崩さないから、何を考えていて、これから先、何を言ってくるのか予想できなくて怖い。
「……今すぐ木咲くんのところに行きたい？」
　声色は普段とそこまで変わらない。
　けど、ここで夏向のところへ行きたいと言って、それを聞いてくれるとは到底思えない。
　まるで、今のわたしの考えをすべて読んだかのように、両手を拘束された。
「……残念だけど、俺はそこまで優しくないよ」
　つかまれた手を少しだけ動かして抵抗する。
　だけど、ビクともしないし、放してほしいと目で訴えても、そんなのすべて無視される。
「……そんなに木咲くんがいい？」
　手首をつかむ力は強いくせに、空いているほうの手で頬に触れてくる、その触れ方はとびきり優しい。
「奪えるもんならこのまま奪っちゃいたいけど」

「……本気、ですか……っ」
「これが嘘に見える？　初めてだよ。自分がここまで誰かに執着してるのは」
　安易な考えで始まってしまった佐都先輩との関係が、まさかこんな展開を迎えるなんて、予想もしていなかった。
　どうせ、こんな関係すぐに終わるだろうって……。
　お互い"好き"なんて気持ちはなかったし、芽生えるはずもなかった。
　夏向との曖昧な関係に嫌気が差して。
　気持ちがないのに夏向の気を引きたいがために、佐都先輩と付き合う選択をして。
　でも結局、わたしの気持ちが最後に行きつくのは、夏向のところでしかない……。
　どうしようもない自分に情けなくなって、涙が出てきそうになるのをグッとこらえる。
　一瞬、目がしっかり合ったかと思えば、佐都先輩の目線が少し左にずれた。
　目を細めて、歪んだ表情のまま。
「これ……見慣れないピアスだね」
　低く、抑揚のない声に背筋がゾクッとした。
　多分、もう気づかれている。
　これが誰からもらったものなのか……。
「……もしかして、木咲くんから？」
"もしかして"なんて言葉はつけなくても、確信を持っている……ぜったい。

「へー、木咲くんからなんだ？」
　否定もしなければ、肯定もしない。
　こんなに関係がこじれてしまったのは、ぜんぶ、ぜんぶわたしのせい。
　夏向との関係をおとなしく続けていればよかったのに、それ以上のものを求めたのがいけなかったんだ。
　佑都先輩は、ふざけた態度をとってばかりだけれど、なんだかんだ優しくしてくれた。
　夏向との複雑な関係のせいで泣いていたときに、放っておかずそばにいてくれて。
　親と偶然会ったときに、空気を重くしないように、気を使わせないようにしてくれたりとか……。
　気づけば、ここ数ヶ月は佑都先輩がそばにいてくれることが当たり前になっていた。
　普段は本気なのか、冗談なのかわからないように隠して、ごまかすのに……。
　今は多分……いや、ぜったい本気……。
　すると、わたしの耳にそっと触れながらささやく。
「……そんな泣きそうな顔されたら参っちゃうな」
　いつもの佑都先輩の声だけど、表情は作って、無理して笑っているように見える。
　そして、驚くことを告げる。
「……選ばせてあげるよ」
「え……？」
「今ここで俺と一緒にいるか。それとも、俺の手を振りきっ

て木咲くんのもとに行くか」
　さっきまで拘束されていた両手は、あっさり放された。
「冬花ちゃんの動きたいように動けばいいよ」
　ほんとにつかみどころがない人……。
　いったいどういう意図があって、いきなりこんなことを言い出しているのか。
「俺がどんだけ頑張ったところで、冬花ちゃんの気持ちはいつまでも木咲くんに向いたままだもんね」
「っ……」
「まあ、俺も悪いところあったからね。最初は完全に悪ノリだったし。まさか、自分がここまで夢中になるなんて思ってなかったから想定外」
　ハハッと、上を向いて軽く笑う佑都先輩。
「いいよ、木咲くんのところに行って。俺に冬花ちゃんを縛りつける権利はないから。ただ、相手にされなくて俺のところに戻ってくるなんて、クズなことはやめてね？」
「ご、ごめんなさい……っ」
　頭をこれでもかってくらい下げる。
　わたしってほんとにクズだし、自分勝手。
　あとでなんと言われてもいい。
　ただ、今は夏向のことしか頭にない……。
　顔を上げて、保健室に向けて走り出した。

告白

 資料室を飛び出して、急いで保健室へと向かう。
 校舎の中の人混みは、さっきよりもひどくて、思った以上にうまく前に進むことができない。
 人の波をかき分けていると、人混みの中から「あ、アリスだ〜」という声が聞こえてきた。
 あっ、しまった。
 自分が今どんな格好をしているのか、すっかり忘れてしまっていた。
 けど、そんなこと気にしている場合じゃないか。
 そんなどうでもいいことを考えていたら、保健室に着いていた。
 何も考えずに、とにかく夏向が無事でいてほしいと願う気持ちで戸を開けた。
 真っ先に視界に飛び込んできたのは、入り口に背中を向けてイスに座っている……夏向の後ろ姿。
「かなた……っ」
 名前を呼びながら、そばに駆け寄り、思わずその大きな背中に抱きついた。
「……は？ なんで冬花がいんの？」
 まさか来るとは思っていなかったのか、夏向の驚いた声が耳に届く。
 無事でよかった……っ。

左腕に少し大きめの絆創膏が貼られているだけなのを見る限り、ケガはしているけれど、それくらいでほんとによかった。
　看板が倒れてきて、下敷きになったなんて聞いたら、いやでも重傷だと考えてしまい、血の気が引いたけど。
「心配したんだよ！　看板の下敷きになったって噂で聞いて。もし、夏向に何かあったらなんて考えたら……っ」
　最悪の事態を想像しただけで身体が震えて、視界が涙で揺れる。
　すると、夏向がイスの向きを変えて、わたしのほうに向き直った。
　目線を落とせば、わたしを見上げる夏向の顔がよく見える。
　そして、夏向の長い腕が伸びてきて、わたしの頬を手のひらで包み込むように触れる。
「……心配してくれたの？」
　そんな優しい手つきで触れないでほしいと思いながら、首を縦に振る。
「……そんな泣きそうな顔して」
「夏向のせい、だよ……っ」
　わたしを見る瞳が、いつもより一段と優しくて、表情もやわらかい。
　なんでそんな顔するの……？
「ケガ……、大丈夫なの……？」
「ん、大丈夫。さすがに看板の下敷きになってたらこんな擦り傷じゃすまないし」

「そ、そんな怖いこと平気で言わないでよ……」
「看板が倒れてきたときに、間一髪で避けたから。そのとき転んで、軽く擦りむいただけ」
「い、痛くないの……？」
「痛いよ、すごく痛い」
　ほんとにそんなに痛いの……？
　それとも、大げさに言ってるだけ？
「じゃあ、病院行ったほうが……」
「冬花が俺のそばにいてくれたら治るよ」
　また冗談か本気なのかわからないこと言って惑わせてくるんだから……。
「それは……わたしじゃないとダメ、なの？」
「……ダメだよ。俺は冬花じゃないとダメになるの」
　あぁ、もう……。
　だったらどうして特別にしてくれないの、そばに置いてくれないの……？
　こんな気持ちになるのは今回が初めてじゃないけれど、今はより一層この想いが強い。
「ほ、他の女の子でもいいくせに……っ」
「冬花だって、俺じゃなくていいんでしょ？」
「ち、違う……っ！　わたしは夏向じゃないと……」
　ハッとして、この先の言葉を止めた。
　バカみたい……。
　まんまと言わされそうになった。
「……俺じゃないと？」

「言わせようとしないで……っ。わかってるくせに」
　強気になって言い返すと、フッと軽く笑う。
「言わせたいから。冬花の口から俺を求めてよ」
　唇に夏向の人差し指がトンッと触れた。
　求めたところで、わたしと同じ気持ちを返してくれないくせに……。
　今までは夏向のそばにいられなくなると思って、"好き"なんて伝えなかった。
　そもそも、この考え方が間違い。
　お互いがお互いを求めるくせに、特別な関係としては成り立たない。
　なんなの、矛盾ばかり……。
　だったら、その矛盾を自分で壊すしかない。
「かなた……」
「ん……？」
　同じ気持ちを返してなんてわがままは抑えて、我慢するから……。
　だから、今まで言えなかったことだけは、言わせてよ。
「──好き……だよ……っ」
　緊張が異常で、口にしてしまったあと、心臓が暴れてうるさい。
　こんな堂々と顔を見ながら、好きと伝える日が来るとは思ってもいなかった。
　わたしの言葉に夏向は表情ひとつ変えない。
　何か言ってほしいけど、何も言ってほしくない。

「……あーあ、やられた」
　目をそらし、頭を抱える仕草を見せた直後。
「……俺の気持ち知らないくせに」
「え……？」
　少しだけ、ほんの少しだけ、夏向がいつもより取り乱しているように見えるのは気のせい？
　すると、再びわたしのほうを見て言った。
「……行くよ」
　急に、わたしの手を取って立ち上がり、返事をする前に保健室から連れ出された。
　保健室を出てから人混みの中、腕を引かれて連れてこられたのはわたしのクラス。
「着替えの制服どこにあんの？」
「あ、教室の中……。でも、わたし午前中は仕事しないとダメで……」
「そんな可愛い姿、他の男に見せたくないって言っても？」
「っ……！」
　えっ、ど、どうしちゃったの。
　急にこんなストレートに言ってくるなんて。
　なんて返したらいいのか迷っていると、偶然廊下に樹里がいた。
　眉間にしわを寄せて、夏向をジーッと見る。
「何よ、元気にピンピンしてるじゃない。看板の下敷きになったって噂聞いたのに」
　樹里が嫌味たっぷりの口調で夏向に言う。

「んで、冬花をここに連れてきてどうするつもり？」
「冬花のこと貸してほしいんだけど」
　夏向の言葉に、樹里はため息をつきながら、次にわたしを見た。
「冬花はどうしたいの？　このクズ男についていくの？」
　クズ男って……。
　間違っちゃいないけど、本人を目の前にして言ってしまうあたりが、樹里らしいというか。
「まあ、どうせ止めても木咲くんについていくんでしょうけど」
　頭を抱えて、「あんたらのわけのわからん関係にはお手上げだわ」と呆れた様子を見せながらも、わたしの目をしっかり見て言う。
「何があったか知らないけど、ちゃんとしてきなさい。気持ちを曖昧に濁(にご)すんじゃないわよ」
　樹里らしい言葉をかけてくれて、そして次に夏向に対しても言う。
「これ以上、冬花を傷つけるんじゃないわよ」
　ほんとは文化祭の仕事をサボるのはダメだけれど、樹里の計(はか)らいで抜け出せることになり、裏で制服に着替えた。

　着替えを終えて廊下に出ると、夏向が壁にもたれかかって待っていた。
「あっ、お、お待たせ……」
　ようやくまともな制服姿に戻れてよかったと思いなが

ら、夏向のそばへ駆け寄る。

　学校を出てから、賑やかさが一気になくなった道を歩くこと数分。

　見覚えのある建物……久しぶりに、夏向の家に連れてこられた。

　そのまま部屋に通され、扉がバタンッと閉まった途端。

「……冬花」

　優しく名前を呼ばれて、ゆっくりこちらを振り返り、正面からギュッと抱きしめられた。

「なんで……、抱きしめるの……」

　すると、わたしの問いかけを盛大に無視して。

「……さっき言ってたの、もっかい聞きたい」

　この"さっき"というのは、おそらく……好きって言ったことだと思う。

「夏向のことが、好き……なの……」

「……うん」

　恥ずかしいなんて感情は、もう捨てたつもりだったけど、いざ口にしたらとても恥ずかしい……。

　顔が見えない状態でよかったとホッとする。

「出会ったときから、ずっと……ずっと夏向のことが好きだったの……っ」

　言いたくても言えなくて、我慢していた気持ちは一度タガが外れると止まりそうにない。

　この気持ちがもっと伝わればいいのにと、夏向の背中に回した腕に力を込める。

「夏向が求めてくれるなら……。"いちばん"じゃなくても、そばにいられるなら……それでいいって最初は思ってたけど、やっぱりつらくて、苦しくて……」
　止まらない言葉とともに、涙まで出てくるから、感情のコントロールがうまくきかない。
「佑都先輩と付き合うことにしたのも……夏向がどんな反応してくれるか気になって。けど夏向は全然気にしてないし、試したわたしがバカみたいで……」
「……冬花は俺がなんとも感じてないとか思ってんの？」
「お、思ってるよ……。だって、わたしのことなんて嫌いなんでしょ……っ」
　変な独占欲だけはあるくせに、平気でわたしのことを嫌いって言うじゃん。
「……嫌いだよ、冬花なんて」
　傷つくな、って自分にいい聞かせるのに、胸を鋭い刃物で刺されたみたいに、グッと深く傷つく。
　夏向の言葉は、わたしを簡単に傷つける凶器と言ってもいいくらい……。
「嫌いなら放してよ……っ。もうこれ以上夏向と一緒にいたくない」
「……なんで？」
「なんでって。今もこんなに好きなのに、そばにいたらもっと好きになるから……。それに、他の子にもこうやって触れるんでしょ……？　そんなの耐えられないよ」
　今までどおりの関係を続けることは、わたしのメンタル

じゃ到底無理。
「俺が触れたいと思うのは冬花だけなのに？」
「ま、また……っ、そうやって誤解させるようなことばっかり……。わたしのこと好きじゃないくせに」
　嫌いと言って突き放せば、甘い言葉で引き寄せる。
　ここで、さっき夏向が保健室で口にしたことを思い出す。
『俺の気持ち知らないくせに』
　知らないよ、わかんないよ……。
　だから教えてくれればいいのに。
「……冬花を好きって認めたくないから」
「い、意味わかんない……」
　認めたくないって……。
　それって好きなの嫌いなの、どっち？
「冬花は俺が好きで、俺も冬花を好きだったら付き合うことになるじゃん」
「うん……」
「それがやだ。だから嫌い」
「意味不明だし……」
　理解できないのはわたしだけ？
　ちゃんとわかるように説明してよ。
　すると、急に抱きしめる力を緩めて、顔を覗き込むように見てくる。
「俺だけでいいって思ってるよ。冬花に触れるのも、冬花に想われるのも」
「だから、それ矛盾してるって……」

もういい加減にして、と口にする前に、さらに驚くことを言ってくる。
「もし付き合ったら、冬花はいつか俺から離れていく。……だから、特別な存在とかにしたくない。今のままでいれば、冬花はずっと俺のそばにいてくれるから」
　どこまでも自分勝手。
　そんな言い方されたら、夏向もわたしと同じ気持ちでいてくれてるって思っちゃうよ。
　それとも、わたしを放さないために甘い言葉で揺さぶってるだけ？
「離れるなんて勝手に決めつけないで……」
「だって、付き合うって関係が成り立ったら、いつか終わりが来るから」
　それはわたしも感じていたことだったから、その言葉が妙に重く感じた。
「ずっとか永遠とか言葉だけならなんとでも言えるけど。実際そういう関係って脆いし、すぐ終わるから」
　たしかに……付き合うってなれば、いつか終わりが来る可能性のほうが高い。
　ささいなケンカや揉めごとで、あっさり終わってしまうことだってある……。
「俺は……冬花と離れたくないよ」
「……うん、そんなの、わたしだって同じだよ」
　キュッと夏向のシャツを握る。
「……だから、今までどおりの関係を続けたいと思ったけ

どさ」
「……」
「自分勝手すぎたし、冬花の気持ち、考えられてなかった」
「……うん」
「それに、冬花を他のヤツに奪われたくないし、俺だけのものでいてほしいから」
「……うん」
　優しく腕を引かれて、再び大きな身体に包み込まれた。
「……俺から離れたりしない？」
「し、しない……っ」
　夏向こそ、わたしから簡単に離れてしまいそうだし、他の女の子に手を出しそうだから、そっちのほうが心配。
　それを素直に伝えると。
「……冬花がいなかったら誰でもよかったし。けど、冬花がいてくれたら冬花しか見ないよ」
「う、胡散臭く聞こえる……」
　今までの行いを振り返ってみたら、ほんとにわたしだけで満足してくれるのか不安で仕方ない。
「……今までガキっぽいことばっかやって、ごめん」
「え……？」
「冬花が他の男と付き合うって聞いて、すごい腹立ったから。自分でも子どもっぽいことして冬花のこと傷つけたって反省してる。……今さらだけど、ほんとごめん」
　ギュウッと抱きしめながら、背中をポンポン撫でる。
「夏向のバカ……っ。そんなふうに謝られたら、いいよっ

て言うしかないじゃん」
　わたしはとことん夏向に弱い。
　出会ったときも、今も、きっとこれからも。
「……ねぇ、冬花」
　耳元でボソッと名前を呼ばれて、思わず身体が反応してしまう。
「な、何……？」
「……もっかい」
「え……？」
「……もっかい、俺のこと好きって言って」
　ほんとに何もわかってない。
　この誘惑が、甘い声が、どれだけわたしをドキドキさせているのか。
　胸がキュウッと縮まる。
「……好き、だよ……」
「もっかい」
「すき……好き……っ」
　伝えるたびに、抱きしめる力は強くなる。
　それに応えるように、同じようにギュウッと抱きつく。
「かなたっ……好きだよ……」
　すると、フッと笑った声が耳元で聞こえて。
　自然と身体が離されて。
「──俺も、好きだよ……冬花」
　甘いキスが落ちてきた……。

仕返し

「ん……」

カーテンから漏れる光の明るさで、眠っていた意識が戻ってきた。

あれ……？

わたし寝ちゃった？

ぼんやりする意識の中、ベッドのマットレスのやわらかい感触と、部屋を見渡したことで、ここが自分の部屋じゃないことがわかる。

……ここ、夏向の部屋？

たしか昨日、文化祭を抜け出したはず。

それで、そのまま夏向の家に来て……。

勢いで告白して……。

『──俺も、好きだよ……冬花』

このセリフだけはよく覚えているのに、そのあとキスされてから記憶がない。

まさかそこから気を失って、朝になるまで目が覚めることなく寝てたってこと？

むくっと身体を起こして、そばに夏向の姿がないことに気づく。

今は何時なんだろう……と思いながら、制服のスカートのポケットに入れてあるスマホを取り出そうとしたら、自分の変化に気づいた。

あれ……、わたしスカート穿いていない。
　そもそも、制服を着ていない。
　たしか昨日は制服姿だったのに。
　今は、大きめのダボッとしたシャツ１枚。
　膝より少し上くらいの長さのおかげで、下を穿かなくてもギリギリオッケーな感じ。
　さっぱりとした甘い柑橘系の匂いがすることから、きっとこれは夏向のもの。
　自分で着替えた記憶はないし……。
　だ、だとしたら、これ着せたの夏向なの……！？
　途端に恥ずかしくなって、身体を隠すように丸まった。
「うぅ……、夏向のバカ……っ」
　ボソッとひとり言をつぶやくと。
「……誰がバカだって？」
「ひぇ！？」
　後ろから聞こえてきた声に、びっくりして振り返る。
「ちょっ、ちょっと、なんで服着てないの……！」
　下はズボンを穿いているけど、上半身裸で、濡れた髪をタオルで拭いている夏向の姿を見て、思いっきり動揺した。
「さっきまで冬花が寝てたから、シャワー浴びてきた」
「い、いいから服着てよ……！」
　こんな姿初めて見るわけじゃないのに、なんでバカみたいにあわてているんだ、わたし……！
　なるべく夏向のほうを見ないようにして、自分の顔を手で覆って隠していると、おとなしくシャツを着てくれた。

「……なんでそんな恥ずかしがってんの？」
　イジワルさを含みながら、後ろから耳元にそっと顔を近づけてくる。
「つ、冷たい……っ」
　耳元で話されるとくすぐったく感じるし、濡れた髪から雫が首のあたりに落ちてきて冷たい。
「……なんか新鮮だね。冬花がそんなふうに恥じらって動揺してるの」
　そのままガバッと後ろから抱きつかれて、完全に逃げ場を失った。
「や、やめて……、放して……」
「……それは無理、聞けない」
　余裕そうな夏向はわたしの言うことを無視して、平気で身体に触れてこようとする。
　触れられるのなんて慣れているはずなのに、まるで初めてみたいに、心臓がバクバク暴れている。
「……へー、冬花すげードキドキしてるね」
「や、やめて……っ」
　ジタバタ腕の中で暴れるけど、ビクともしないし、むしろ暴れたせいで夏向の手がするりと服の中に入ってくる。
　素肌に触れられて、もう心臓が破裂しそうな勢いでドキドキしてる。
「なんかいいね、俺のシャツ着てるって」
「っ……」
「俺のものって感じがして、たまんなく好き」

もう無理……っ。
　甘いささやきにクラクラする……。
「それにシャツ１枚だと脱がせやすいし」
「ちょっ、ちょっと待って……！」
「ん、何？　これからいいとこなのに」
「こ、これ……着せたの夏向なの？」
　首を後ろにいる夏向のほうに、くるりと向けて聞いてみれば、当たり前でしょと言わんばかりの顔で。
「……俺以外に誰がいると思う？」
「っ……！　な、なんで勝手に着替えさせるの！　しかもわたしが寝てる間になんてずるい……！」
「なんで恥ずかしがんの？　今さらじゃん」
「い、今さらとかそういう問題じゃないの……！　もう夏向は喋っちゃダメ！」
　ダメだ、めちゃくちゃペースを乱されているし、わたしもわたしらしくない。
　前までどんなふうに接していたかすらわからなくて、戸惑ってばかり。
「……じゃあさ、喋らないように冬花が俺の口塞いでよ」
「は、はい……？」
　両脇にするりと夏向の手が入ってきて、身体を簡単に持ち上げられて、そのまま夏向の膝の上にのっけられた。
　わたしが夏向を見下ろすような体勢に、さらにいつもどおりじゃいられなくなる。
「……ほら、早く塞いでよ」

「っ、む、無理……っ」
「喋らないでって言ったの、冬花のくせに」
「ふ、普通に黙ってくれればいいだけだから……！」
「それじゃ面白くないし」
　そこで面白さ求めてこないでよ！
「もういいや。我慢できないから早くキスさせて」
　ねだるように見てくるその瞳に、ストンッと落とされそうになる。
「ま、待って……」
「今度は何？」
「あ、あの……、わたしって夏向の、その……」
「……彼女」
　わたしの聞きたいことを見透かしたかのような答えにびっくりする。
「俺から離れないって約束でね」
「は、離れないよ……っ」
「……それでいいよ。冬花のぜんぶが俺のだってわからせてあげたいくらい」
「か、夏向だって、わたし以外の女の子に触れちゃダメだよ……っ」
　まだ不安なの。
　ほんとに夏向がわたしだけを見てくれて、わたしだけを求めてくれるのか。
「冬花しかいらないよ。ってか、そろそろダメ？　早く冬花の可愛いところ見たい」

「っ……！　ちょっと待って、今日学校ある……」
「やだよ、まだ時間ある。抵抗しないで」
　身体がドサッとベッドに倒されて、結局、夏向が満足するまで放してもらえず。
　学校に向かったのは、お昼過ぎ。
　とはいっても、学校は今日まで文化祭なので授業はない。
　夏向は文化祭なんて面倒だから、このままサボりたいと言っていたけれど、わたしにはどうしても話をしなくてはいけない相手がいるので、そうはいかない。
　学校の中は昨日と変わらず賑わっていて、人がすごい。
「ほら夏向、ちゃんと歩いて」
「……無理、人多すぎて倒れそう」
　夏向が、だるそうにわたしにもたれてくるから、歩きづらくて仕方ない。
「そんなに無理なら、学校休めばいいのに」
「それは無理。だって冬花、今からアイツに会いに行くんでしょ？」
「だ、だって……佑都先輩にきちんと話さなきゃいけないことあるし」
「アイツ何するかわかんないし、心配だから俺もついてく」
「佑都先輩って、夏向が思ってるよりいい人だよ」
「へー、俺の前で他の男のこと褒めるなんて、いい度胸してんね」
「へ……？」
　あ、あれ？

なんだかご機嫌斜め……？
「あとで覚えときなよ」
　このセリフは聞かなかったことにしよう。

　人混みの中をどれだけ探しても、佑都先輩の姿は見つからない。
　やっぱり普通に探すには無理があるかと思い、いったん人混みから抜けて裏庭のベンチに座り、スマホとにらめっこ。
　やっぱり電話したほうがいいのかな。
　昨日の気まずさが残りすぎていて、電話をかけるにかけられない。
　しかも、きちんと話さなきゃいけないとか言っても、何も話すことを考えていない……というか、うまくまとまっていなくて、謝らなきゃってことしか頭にない。
「うーん、どうしよう……」
　わたしが頭を抱えて悩んでいるのに、隣にいる夏向はつまらなそうな顔をしながら、甘えた声を出した。
「……早く帰って冬花と２人になりたい」
　肩に頭をのせてきて、手をツンツンしたり頬を引っ張ってきたり。
「ダ、ダメだよ。今は甘えないで。ちゃんと話さないとダメなの……」
　前の夏向もわがままで自分勝手だったけど、付き合うってなったら、それにさらにプラスして甘えることが多く

なってる。
「んじゃ、アイツ捕まるまで寝てるから膝貸して」
「はっ、えっ、ちょっ!」
　頭だけゴテンと太ももの上にのせてきて、そのまま目を閉じて眠ろうとする。
「……やわらかくて寝心地いい」
「やわらかいって太ってるみたいじゃん……」
「太ってない。ふつーくらいがちょうどいい。ふわふわしてる」
「なっ、ふわふわって。それ悪口だよ」
「なんで？　マシュマロみたいで俺好きだよ」
「マシュマロって……」
　こんなくだらない会話をしていたら。
「へー、真っ昼間から外でイチャイチャするなんて、堂々としてんねー」
　突然聞こえてきた声にハッとして、顔を上げて声の主のほうを見た。
　そこにいたのは、まぎれもなくわたしが話をしなくてはいけない相手……。
「ゆ、佑都……先輩」
　名前を呼ぶと夏向がピクッと反応して、そちらを見て身体を起こした。
「なんか２人の様子見てると、うまくいったように見えるのは気のせいかなー？」
「あ、あの……せ、先輩——」

立ち上がって話をしようとしたら。
「……別れ話なら聞かないよ」
　急に真剣な声のトーンで遮ぎられてしまい、思わず固まって口を閉じる。
「俺言ったよね、冬花ちゃんのこと本気だって」
「そ、それは……」
「譲(ゆず)りたくないんだよねー。それにさ、冬花ちゃんも悪いじゃん。木咲くんのこと好きなくせに、俺と付き合うこと選んでさー」
　真っ当な意見を言われてしまい、返す言葉が何もない。
「それで木咲くんとうまくいったから、俺とは別れてほしいとか都合よすぎじゃない？」
「……ご、ごめんなさい」
「謝ってほしいわけじゃないんだけどなー。まあ、俺も悪いところたくさんあるから、あんま強く言えないけど。俺って本気になったら結構しつこいよ？」
　あのとき、軽はずみに付き合うなんて言わず、流されなければよかった。
　そうすれば、先輩と距離が近くなることも、先輩が本気になることもなかったのに……。
　自分勝手だったのはわたしのほう。
　先輩の優しさとか、そばにいてくれる温かさとか、それに甘えていたわたしが悪いんだ。
　何度自分の胸に問いかけても、過去の出来事をたどっても、結局ぜんぶもとは自分が悪くて、先の言葉がうまく出

てこず、何も言えないまま、下を向くことしかできない。
「なーんてね」
「……え？」
「今のはぜんぶ嘘だよ」
　驚きながら、ゆっくり顔を上げると、いつものように笑っている佑都先輩の顔が見えた。
「最初からわかりきってたことだからさ。冬花ちゃんが木咲くんを諦められないってこと。俺がどんだけ頑張っても、冬花ちゃんの気持ちはぜったい俺のほうに向かなかったし。それだけ木咲くんに本気なんだなっていうのが、そばにいてよくわかったよ。だから、最初から俺に勝ち目はなかったわけだ」
　ハハッと笑い飛ばすけれど、きっとそれは重い空気を軽くするために、無理してくれているんだと思う。
「まあ、俺も悪かったよ。興味本位で揺さぶるようなこと言って、無理やり付き合わせるようにしちゃったから」
「そ、そんなこと……」
「けどさー、ほんとに木咲くんでいいのー？　なんか頼りなさそうじゃん。ひょろひょろしてるし、女グセ悪いんでしょ？」
　ここで、ずっと黙っていた夏向が、不機嫌そうな顔をして佑都先輩を睨んだ。
「うわー、睨まれちゃった。こんなガキっぽい子が冬花ちゃんの好みなんだねー」
「佑都先輩は、わたしにはもったいないくらい素敵な人だ

と……思います」
「お世辞っぽく聞こえたけど、まあそこは素直にありがとうって言っとくよ」
　ギクリ……。
「木咲くんと何かあっても、もう俺は助けてあげられないよ？　いいのかなー、俺じゃなくて」
「た、多分……大丈夫……です」
　不安そうにボソッと言うと、隣にいる夏向が、そっとわたしの手を握った。
「ははっ、そっかそっか。木咲くんのその不機嫌そうな顔と、あからさまに独占欲丸出しな姿を見たら、大丈夫なんじゃないかな」
　横目でチラッと夏向の顔を見てみれば、さっきよりも機嫌が悪そうだし、めちゃくちゃ怒っているようなのは気のせい？
「まあ、俺の知らないところで、２人の間にいろいろあったんだろうね。多分、俺が入る隙なんてないくらいに。けど、２人ともかなりひねくれてるから、この先心配だねー」
「わたしはひねくれてないし、素直ですよ。夏向は相当ですけど……」
「……なに言ってんの。冬花のほうがひねくれてるし、さびしがり屋のくせに」
「なっ……！　夏向のほうこそ……」
「はいはーい、イチャつくのは俺が去ってからにしてもらえますかー？」

ムッとした顔で夏向を睨めば、そっぽを向いて知らん顔。
　ほら、そういう子どもっぽいところ、ちっとも変わってない。
「ったく、世話のかかる２人だねー。んじゃ、最後に仕返ししちゃおーか」
　イジワルさを含んだ声が聞こえてきたときには、もう遅かった。
　不意に腕をかなり強い力で取られて、身体ごと先輩のほうへ引き寄せられる。
　夏向と繋いでいたはずの手は、いとも簡単にするりと抜けてしまい……。
「……最後くらい、許してね」
　チュッとリップ音が鳴って、やわらかい感触が押しつけられた。
「っ!?」
　一瞬、唇に触れたかと思ったくらい際どくて、唇の横スレスレ……。
　ギリギリ外した位置に、佑都先輩の唇が当たった。
　目を丸くして先輩の顔を見てみれば、それはもう満足そうに笑っている。
「ごちそーさまでした。んじゃ、２人ともお幸せに〜」
　最後はいつもの先輩に戻って、からかう口調で手を振りながら、わたしたちの前から去っていった。
　とりあえず……無事に話がついたということでいいのかな……と思いつつ、ホッとしていたのもつかの間。

いきなり腕をグイッと引かれて、夏向の唇が強引に重なった。
「……んっ、ちょっ、ここ外……！」
「……黙って、ムカつく」
　な、なんでこんな機嫌悪いの……！
　いつもよりキスが荒いし、息をする暇も与えてくれない。
　噛みつくようなキスについていけない……っ。
「も、もう夏向……っ、待って！」
「……ほんとムカつく。なに簡単にキスされてんの」
「キ、キス……？」
「他の男に唇許すとか油断しすぎ。バカなの？　腹立つからもっと消毒させて」
「へ……っ？　ちょっと待って！　えっと、唇にはキスされてないよ……？」
「は……？」
　もしかしたら夏向の角度から見たら、唇にしているように見えたのかな？
　かなり際どい位置だったし。
「唇の横スレスレに触れただけ……だと思う」
「……だと思うって。当たってたかもしれないみたいな言い方されたら、こんなキスだけじゃ足りないんだけど」
　わたしの両頬をガシッとつかんで、そのまま上を向かされる。
　そして、夏向の指が唇の横をゴシゴシとこする。
「……俺以外の男に触らせないでよ」

「そ、それって嫉妬……？」
　嬉しくなって、あからさまに口元が緩んでしまう。
「……だったら何？」
「……っ！」
「……冬花は俺のなのに」
「す、拗ねないで……、ね？」
　子どもみたいに拗ねてる姿が可愛くて、自然と笑いがこぼれる。
「……やだよ、拗ねる」
「どうしたら機嫌直してくれる……？」
「冬花からキスしてくれたら直る」
「さっきもしたのに……？」
「さっきのは消毒だし」
「えぇ……」
「ってか、いつも俺からしかしないじゃん。たまには冬花からしてよ」
「やっ、だって自分からしたことないもん。そ、それに今、外だから……！」
「んじゃ、どこならいいの？」
「ふ、2人っきりになれる場所……」
　あぁ、わたしめちゃくちゃ大胆なこと言ってる。
「……ふっ、じゃあ今度泊まりに来たときの楽しみにしておこうかな」
　片方の口角をクイッと上げて笑った顔にドキリとして、恥ずかしくなって顔をそむけた。

「あー、でも。もっかいだけしたいからしよ?」
「っ……!」
　多分わたしは、夏向のおねだりにはかないそうにない。

彼女

　文化祭が終わって数日後。
　いつもより早い時間に起きて支度をすませ、学校に行く前に夏向の家に向かう。
　ついこの前、学校に行く日には起こしに来てと頼まれて家の鍵をあずかった。
　こんな簡単に他人に家の鍵をあずけて大丈夫なの？と思いつつ、受け取った鍵を使って中へと入る。
　夏向の両親は、相変わらず家に姿を現さない。
　ほぼ１人暮らしの状態みたいなこと前に言ってたしなぁ。
　もう起きているかと思いきや、部屋に入ってみると、まだベッドで眠っている夏向を発見。
　少し早めに来たからいいものの、そろそろ起きないと遅刻しちゃうのに、呑気に寝ているのが夏向らしいというか。
　ってか、学校行く気あるのかな。
　そっと近づいてみると、ベッドのそばにある小さな窓から光が差し込んでいるから、きれいな寝顔がよく見える。
　……気持ちよさそうに眠ってるなぁ。
　前はあまりよく眠れないって言っていたのに、この寝顔を見たらそんなことないじゃんって思う。
　いいな……、こんなに整った顔してるの。
　近くで見ても肌きれいだし、透明感あるし、まつげふさ

ふさで長いし。
　そっと、夏向のサラサラの髪に触れる。
　手入れとか何もしていないくせに、こんなにサラサラしてるの、ずるくない？
　いつもはこんなにしっかり顔を見ることはできない。
　だって、こんなきれいな顔に見つめられたら耐えられないし、目も合わせられなくなる。
「……起きてるときも、これくらいしっかり顔見てくれたらいいのに」
「へ……？」
　1人でバカみたいにいろいろ考えていたら、さっきまで閉じていたはずの目が、バッチリ開いていた。
「え……お、起きてたの!?」
「……起きてるよ。ってか、眠りそんな深くないし。冬花が部屋に入ってきた時点で意識あったし」
　な、なんだと……！　寝たフリしてたのか……！
「俺が寝てるときはずいぶん積極的なんだね」
「やっ……こ、これは、別に……」
　あわてて髪に触れている手を引こうとしたけど、あっさりつかまれた。
「逃げるの、ずるくない？」
「ず、ずるくない……っ。そ、それよりも起きてるなら早く支度して。遅刻しちゃうから」
　このままだと、ぜったい夏向のペースにハマりそうだから、なんとしてもそれは阻止しなければいけない。

「……ふーん。じゃあ、ちょっとだけ冬花のこと抱きしめてから起きる」
「へ……っ、うわっ、ちょっ……！」
　腕を取られて、ベッドに引き込まれて、後ろからギュッと抱きしめられる。
「ち、遅刻するよ」
「……んー、いいよ遅刻しても」
「わたしは、よくないんだけど」
　夏向は甘えるのがほんとに上手。
　今だって、わたしの身体に頬をすり寄せてくる仕草が、まるで猫みたい。
「どーせなら、このまま腕の中に閉じ込めたい。可愛い冬花を俺だけが独占できればいいのに」
「そんなこと言わないで放して」
「ほんとに放してほしいの？」
「っ、遅刻……するから」
「さっきから遅刻の心配ばっかして余裕だね」
「……えっ、ちょっ!!」
　後ろからだっていうのに、器用にわたしの制服のブラウスのボタンを１つずつ外していく。
「い、いい加減にして……！」
「へー、まだ抵抗する余裕あるの？」
　耳たぶを軽く甘噛みされて、身体が反応して、変な声が出ないように抑える。
「っ、……めて……」

簡単に力が抜けて、抵抗する余地がなくなる。
「相変わらず耳弱いね」
　からかうような声が聞こえてくるけど、それすらくすぐったくて、身体をよじる。
　朝からなんてことしてくれるんだって頭では思うのに、身体がうまく言うことを聞かない。
「声我慢しなくていいのに」
「……やっ」
　自分のものとは思えないくらいの、か細い声。
　夏向の言葉とか、触れてくる感覚は、ぜんぶ甘い毒みたいだから。
「……あんま可愛い声聞いてると抑えきかなくなるから、ここで止めてあげる」
　それから、夏向をベッドから引きずり出して、着替えをさせてなんとか遅刻を免れた。

「はぁ、まあ朝からご苦労さまなことで」
「ほんとに疲れたんだよ……」
　そして午前の授業はあっという間に終わり、今は樹里とお昼ごはんを食べていて、朝のことと、ここ数日あった出来事をすべて話し終えたところ。
「いやー、にしてもあんたら、よくまあ、わけのわからん遠回りなことして、やっとくっついたのか。時間かかりすぎじゃない？　ってか、こじれすぎだし」
「樹里さまのおっしゃるとおりでございます……」

「しかも、あの本気になった黒瀬先輩が、自ら身を引くとはねー。もう予想外なことばっかり起きることで」
　やれやれと、呆れた様子を見せる樹里だけれど。
「まあ、よかったじゃん。木咲くんと付き合うことになって。これでやっと、冬花は苦しい思いをしなくてすむわけだ」
「うん……多分」
「多分ってねえ。まだ付き合い始めて日にち経ってないのに、ネガティブなこと言わないの」
　そんなこと言われても、恋してたら悩みって尽きないものなんだよ……。
「だ、だって付き合うってなって、なんか前までどうやって夏向と自然に接してたんだろうとか考えちゃって……。今は目を合わせるだけで恥ずかしかったりして、うまく接することができないと言いますか……」
「ほーう。木咲くんが彼氏になった途端、意識しちゃって前みたいにできないと」
「うんうん……」
　夏向は前とそんな変わらずなのに、どうしてこうも違いが出るんだろう。
　わたしが意識しすぎなのかな。
「あんた可愛いとこあるじゃないの。いいじゃない、木咲くんにそれ言えば」
「や、やだよ。今さらとか言われそうだし」
「あ、それか言わなくてもそのままにしとけば？　恥ずかしがってる冬花って新鮮だから、木咲くんからしてみれば

それはそれで萌えるんじゃない？」
「も、萌えるって……」
「木咲くんって、そうやって恥じらったりしてる姿見るの好きそうじゃない？」
「そ、それはわたしには、わかんないけど……」
「まあ、いいじゃん、いいじゃん。せっかく恋人同士になれたわけなんだから。そんなこと気にせずに、一緒にいる時間楽しめばそのうち慣れてくるんじゃない？」
「そ、そうかな」
　樹里にそう言われたら、大丈夫な気がしてきた。

　お昼休みが終わってから、午後の授業２時間もすぐに終わり、迎えた放課後。
　帰る支度を終えて教室を出て、下駄箱に向かうと見覚えのある姿を見つけた。
「……やっと来た、遅い」
「え、なんで夏向が？」
　下駄箱にもたれかかって、だるそうに立っている。
「冬花と一緒に帰ろうと思って待ってた」
　え、意外だ。夏向のことだから、今朝学校に一緒に来たけど、飽きて途中で帰ったと思っていたから、きちんと放課後までいたことにびっくり。
　おまけに、一緒に帰る約束をしていたわけでもないのに、待っていてくれたなんて。
「あっ、待たせてごめんね」

急いで靴を履き替えて、夏向のもとへ駆け寄る。
「ん、いーよ。俺も連絡してないし、勝手に待ってただけだから」
　ふと思った。よく考えてみたら、こうやって一緒に帰るの初めてじゃないかな。
　朝は、わたしが夏向の家に泊まって、そのまま一緒に登校することはあったけれど。
　学校を出てからとくに会話もなく、隣に並び歩いていると、さりげなくスッと手を繋いできた。
　手を繋ぐのは初めてじゃないはずなのに、触れただけで心臓がうるさくて仕方ない。
「……冬花？」
「ひぇっ!?」
　もうダメだ、めちゃくちゃ不自然すぎる。
「ふっ、何その反応」
「やっ、えっと、別に深い意味はないといいますか……」
　あぁ、もう……っ！
　こんなに不自然さ全開だと、この先が思いやられる。
「……変なの。あ、そーだ。飲み物買いたいからコンビニ寄っていい？」
「あっ、う、うん」

　夏向がコンビニで買い物をしてる間、外で待っていると、数分で戻ってきた。
　手にはストレートティーのペットボトル。

店から出てきて、それを飲みながらこちらへ来る。
すると、再び手を握ってどこかへ歩き出した。
どこに行くのかと思えば、連れてこられた場所はいつもの小さな公園。
中に入り、ベンチに腰をかけた。
隣にいる夏向を見ると、さっき買ったストレートティーを口にしていた。
そしてたまたまなのか、バチッと目が合った。
「……ん、飲む？」
「え？」
急にペットボトルを渡されて戸惑う。
「飲みたかったから、こっち見てたんじゃないの？」
「やっ、違うけど。ていうか、わたしストレートティー苦手だもん」
「へー、なんで？」
「だって苦いもん」
基本的にストレートティーとか、ブラックコーヒーとかは避けている。
味がしなかったり、苦かったりするし。
「……ふーん、じゃあ試しにそれ飲んでみなよ。苦くないから」
「嘘つき。ぜったい苦いよ」
「苦くないよ、俺はふつーだと思うけど」
ジーッとペットボトルを睨む。
というか……そもそも、これを口にするとしたら……ほ

ら、間接キスってやつになるんじゃ。
　それ以上のことをしてるくせに、間接キスで恥ずかしがるなんて、どうした、わたし……！
　意識し始めた途端、口をつけるのが恥ずかしくなる。
　苦いから飲めないとか、そういう問題じゃなくなってしまった。
「飲んでみなよ。結構美味しいよ」
「うぬ……」
　なんて声出してるんだって思いながら、目をギュッとつぶってペットボトルを口にあてた。
　ほんのり苦いストレートティーが、喉にツーッと入って流れていく。
　ゴクッと飲み込んで、そのまま何も言わずペットボトルを夏向のほうへ差し出した。
「……どう、苦かった？」
「……」
「……って、なんでそんな顔真っ赤なの？」
「っ……！？」
　うわ、もう最悪……。
　バカみたいに意識してしまったせいで、顔が赤くなっていることに気づかなかった。
「……もしかして体調悪い？」
　そう言いながら、おでこをコツンと合わせてくる。
　ち、近い……近すぎるんだってば……っ！
「んー、熱なさそうだけど」

「ち、近い……です」
「なんで敬語?」
「な、なんでも、ないです」
　不自然極まりない。
　こんなんじゃ先が思いやられる……と夏向のことで頭がいっぱいなわたしに、さらなる事件が起こる。

　ある日のお昼休みの出来事だった。
　せっかくの休み時間だっていうのに、担任の先生から職員室に呼ばれたせいで、お弁当を食べる時間がいつもより遅くなってしまった。
　やっと教室に戻ってみると、樹里が先にお弁当を食べ始めていた。
「おかえり〜。結構時間かかったね」
「ほんとだよ。貴重なお昼休みなのに」
　ブツブツ文句を言いながら、机の上にお弁当を広げる。
「早く食べないと時間なくなりそうじゃない?　次の化学は移動だし」
「えっ、嘘」
　前の掲示板に貼られた時間割表を見たら、5時間目はたしかに化学。
　これはのんびり食べている時間はなさそうと思い、焦ってお弁当を食べ進めた。
「うわっ、やっちゃった」
　お弁当に入っていたミートボールを口に運ぼうとした

ら、焦ったせいで箸から滑って、スカートの上に落ちてしまった。
「あらら。あわてて食べると、ろくなことないね」
　そう言いながら、樹里がティッシュを渡してくれた。
「ってか、ハンカチか何か濡らして、汚れ取ったほうがいいんじゃない？」
「うん、そうする。ちょっとお手洗い行ってくるね」
　スカートの汚れを落とすために教室を出て、急いでお手洗いへと向かう。
　あまり時間がないので、残りのお弁当は５時間目が終わってから食べよう。
　なんか今日はついてないような気がする……なんて思いながら、お手洗いのドアを開けようとしたときだった。
「そういえばさ、木咲くんと鈴本さん？　なんか最近、付き合い出したっぽいよね」
　急に聞こえてきた自分と夏向の名前に一瞬ドキリとして、ドアを押す手の力を抑えた。
　たまにいるんだよね……。お手洗いに用もないのに、鏡の前で化粧とか直しながら、他人の恋愛話をする女子たち。
　どうやら中にいる女子たちの話題が、たまたまわたしと夏向のことだったみたいで、思わず聞き耳を立てるようにその場に固まる。
「えー、でもあの２人って結構前から一緒にいるじゃん？　だけど付き合ったりはしてなくない？」
「そうだけどさー。なんかこの前、２人が放課後、手繋い

で歩いてるところ見た子がいるらしいんだよね」
　うわ……見られていたんだ。
　ってか、女子の噂って広まるの早すぎだし、いちいちそんなことを他の人と共有するのってなんなんだろう。
「へー。でも仮に付き合ったとしてもすぐ終わるでしょ。木咲くんって飽きっぽそうだし、大切にしてくれなそうじゃない？」
「あー、たしかに。じゃあ、鈴本さんとは遊びってことか」
　聞いていてすごく嫌な気分になった。
　わたしたちの間に何があったか知らないくせに、勝手な偏見だけで話を膨らまされるのが気に入らない。
「それに、相手が鈴本さんじゃ釣り合ってなくない？　木咲くんは外見パーフェクトだけど、その隣に並ぶのが鈴本さんじゃ、なんか物足りないよねぇ」
「あははっ、たしかに〜。ってか、よく堂々としてられるよね〜。そんな特別可愛いわけでもないのにさ」
「木咲くんにはもっとお似合いの子いそうだよね〜」
　ドアからスッと手を引いて、フラッとした足取りでその場を離れた。
　あんな陰口気にすることないって、自分に言い聞かせるのに、わかりやすく落ち込んでしまう。
　そりゃ夏向は、誰が見ても口をそろえてかっこいいと言うほど、整った容姿をしている。
　反対にわたしは、さっきの女子たちが言っていたように、特別可愛いわけでもない。

何も取り柄はないし、平凡だし。
　当たり前のように夏向の隣に並んでいて、周りの子たちにどう思われているかなんて、気にしたことはほとんどなかったけれど……。
　これは、みんな思うことなのかもしれない。
"夏向にわたしは似合わない"って。
　付き合う前は、そんなこと気にかけてもいなかったのに。
　彼女っていう立場になった途端、急に周りの目が気になるようになってしまった。
　あぁ、ダメだ。すぐこうやってネガティブになるから。
　スカートの裾をギュッと握りしめて、下を向きながら教室へと戻った。

「ずいぶん時間かかったじゃない。もうそろそろ移動しないと授業始まる……って、あんたなんでそんな泣きそうな顔してるのよ」
　教室に戻ってみると、ほとんどの生徒は次の授業の移動でいなくなっていたのに、樹里はまだ待っていてくれたようだ。
　わたしの落ち込んだ様子を気にかけて、心配そうな顔をして見ている。
「しかも、スカートの汚れもそのままじゃない。お手洗いに行く間に何かあったの？」
「……何もない……よ。別に平気だから」
「あのねぇ、何もない人はそんな暗い顔しないの」

はぁ、とため息をついた樹里は、教室から出ていった。
　呆れられたのかと思えば、2分もせずに戻ってきた。
「はい。とりあえず、これでスカート拭いて。んで、次の授業は無理に受けなくていいから」
　自分のハンカチをわざわざ濡らしてきてくれて、おまけに何かあったことを察して気づかってくれた。
　多分わたしの様子から、今は話したくないことを悟った樹里は、何があったのか深くは突っ込んでこない。
「何かあったらいつでも呼んで。今はわたしがそばにいるより、1人のほうがいいでしょ？」
　その問いかけに、首を縦に振ることしかできなかった。

　それから結局5時間目の授業をサボッて、6時間目も受ける気になれず、保健室に行って、仮病を使い学校を早退した。
　家に帰って、力なくベッドに倒れ込んだ。
　それから目を閉じて、そのまま眠ってしまった。

「……ん」
　あれからどれくらい時間が経ったんだろう。
　眠っていた意識がだんだん戻ってきたと同時に、誰かがわたしの髪をすくい上げて、耳にかけたような感じがして、重たいまぶたをゆっくり開けた。
「あ、起きた」
「えっ……」

一瞬、夢を見ているのかと思った。
　だって、ここにいるはずのない……夏向がいたから。
「な、なんでここにいるの」
「なんでって、冬花が早退したって聞いたから。心配して来てみたら、玄関の鍵かけてないまま部屋で寝てるし」
「早退したって誰から聞いたの……？」
「冬花の友達。放課後わざわざ俺のとこ来て、冬花の様子見てきてほしいって頼まれたから」
　樹里……か。
　きっとわたしが落ち込んでいる原因が、夏向のことだと思って声をかけてくれたに違いない。
「まあ、頼まれなくても来るつもりだったけど。心配だし」
　夏向はジーッとわたしの顔を見つめながら、大きな手で頭をポンポン撫でた。
「……なんかあった？」
　別に何かあったわけじゃない。
　ただわたしが、勝手に周りの目を気にして落ち込んでいるだけ。
　でも、そんなことを知らない夏向は、相変わらず心配そうな顔をしながら、わたしの頬に優しく触れる。
「何も……ないよ……。ただ少し気分が悪いだけだから」
　ゆっくりベッドから身体を起こして、あんまり顔を見られたくないので夏向に背を向けた。
「……嘘つき。なんかあったんでしょ」
　ギシッとベッドが軋む音がしたと同時に、後ろから夏向

の温もりに包み込まれた。
「……冬花が不安そうな顔してるから、俺まで不安になる」
　わたしそんな不安そうな顔してたのかな。
　自分じゃ気づかなくても、夏向にはすべてお見通し。
「俺には言えないこと？」
「そ、それは違う……。ただ……」
「ただ？」
　胸のあたりにそっと手をあてて、クシャッと服を握る。
　言うのを迷ったけど、ここで嘘をついたとしても、夏向にはぜんぶバレてしまうだろうから。
「少しだけ……不安になったの」
「何に？」
「夏向の隣にいるのはわたしでいいのかなって……。今日偶然……女の子たちの会話聞いちゃって……。わたしと夏向が並んでも釣り合わないって言ってた。気にしなければいいって思いたいのに気にしちゃって……」
　ぜったい面倒くさいって思われてる。
　こんなことでいちいち落ち込むわたしに、ぜったい呆れてる。
　ほんと今さらネガティブ思考全開で、結局何がしたいのか自分がいちばんわかってない。
「自信ないってこと？」
「……うん」
「へー、じゃあそれは、俺の冬花への気持ちが足りてなかったってこと？」

「へ……っ?」
　あれ……、なんか話の論点がずれてるような気がするんだけども。
「冬花はもっと俺に愛されてるって自覚してよ」
「……っ」
「俺、冬花が想像してる以上に冬花しか見えてない。だから、釣り合うとか釣り合わないとか他人に言われても、堂々と俺の隣にいてくれればそれでいいんだよ。俺が選んだのは冬花なんだから」
　まさかこんなストレートに伝えてくれるとは思わなくて、受け止める準備ができていなかったわたしは黙り込んでしまう。
「そばにいてほしいのは冬花だけ。他のヤツが文句言っても関係ないから。なんなら付き合ってること堂々と言ってもいいけど」
「でも……っ、わたし何も取り柄ないし、胸張って自信あるなんて言えない……っ」
　強がってばかりで、可愛げがなくて。
　他人の言葉に影響されて、すぐ落ち込んで、自信がどんどんなくなっていく自分がすごく嫌い。
　せっかく夏向の彼女になれたのに、思わぬところで引っかかって、恋愛ってほんとに自分が思っていた以上に難しくて、うまくいかないことばかり。
「冬花はさ、俺のこと好き?」
「……う、ん……好きだよ」

「誰にも負けないくらい?」
「……うん」
　夏向を想う気持ちは、他の子になんてぜったい負けないと思えるくらい……。
「ほらあるじゃん、胸張って言えること」
「え……?」
「俺を好きだって気持ちは、誰にも負けないんでしょ? だったらそれでいいじゃん」
「っ……」
「何も他人と比べなくていいし、飾らなくていい。ありのままの冬花に俺は惹かれてるんだから」
　素直に夏向が伝えてくれた言葉すべてが、嬉しかった。
　周りの目を気にして不安になることもなかったんだ。
「あと、釣り合わないとか言ってるヤツらは妬んでるんだよ、冬花が可愛いから」
「そ、そんなことないよ」
　わたしみたいなのが可愛かったら世も末だよ。
　って、これは言いすぎかな。
「またそうやって、すぐ自分のこと否定する。次否定したら、そのまま口塞ぐよ?」
　頬をむにゅっとつかまれて、後ろにいる夏向のほうを無理やり向かされた。
「うぅ……っ」
「それか冬花からキスしてもらおうかな。ってか、いつになったらしてくれんの?」

え、なんかすごくいい雰囲気だったのに、突然すぎる話の方向転換についていけないんですけども。
「い、いや、これからもする気はないんだけど」
「はぁ？　文化祭で言ったこと忘れてんの？　２人っきりになれる場所でするって言ったの、冬花じゃん」
　忘れてくれたらいいのに、こういうことは覚えてるんだから。
「……今、２人っきりだよ？」
　誘うような声に一瞬グラッときたけど、気持ちの準備もできていないまま、突然そんなことをできるわけがない。
「ダ、ダメ……っ。恥ずかしくてできない……っ」
　お願いだから、今日はこのまま見逃してほしいと瞳で訴えてみれば、仕方ないなあという顔をする。
「……ふーん、じゃあ今度の休み泊まりに来てよ。そのときにたっぷりしてもらうから。もちろん俺からもするけど」
「と、泊まるなんて、ドキドキして死んじゃうよ……っ」
　思わず本音を口にすると、夏向は驚いた顔を見せながらも、すぐにフッと軽く笑って。
「……ひと晩中、可愛がってあげるから覚悟しなよ」
　その危険な笑みには、ぜったい逆らえない。

甘さだけじゃ

　いつも休みの日はお昼前まで寝ているのに、今朝は8時に目が覚めた。
　今日……付き合ってから初めて夏向の家に泊まる。
　昨日から異常なくらいの緊張に襲われたせいで、全然眠れなかった。
　夜は髪のケアをして、普段しないパックで肌の保湿なんかしちゃって。
　家を出る予定はお昼を食べてからなので、まだ準備をするには早すぎるのに。
　ベッドから身体をむくっと起こし、洗面所へ向かい、歯を磨いて顔を洗う。
　クローゼットをバーッと開けて服を選んだり。
　季節はもうだいぶ寒くなってきた10月。
　いちばんお気に入りでもある白のニットワンピースにして、普段しないメイクもして、髪もコテを使って巻いたり。
　身支度をのんびりしていたら、なんだかんだ時は早く過ぎて、気づいたらいい時間になっていた。
　お昼を軽く食べて、夏向の家へ向かう。

　──ピンポーン……。
　ドキドキしながらインターホンを押すと、少しして中から夏向が出てきた。

ダボッとしたパーカーという、ラフな格好。
「え、えっと、今日はよろしくお願いします」
「……なんでそんなかしこまってんの？」
「や……なんか緊張しちゃって」
「泊まるの初めてじゃないのに？」
「つ、付き合ってからは初めてだもん」
　わたし、いつからこんなピュアっ子になったんだろうって、自分がいちばんびっくりしてる。
「荷物全然ないね」
「あ、とりあえず必要なものだけ持ってきたの。あとは夏向のもの借りようかなって」
　パジャマとか持ってこようかと思ったけど、荷物になるから夏向の服を借りればいいやと思ったのだ。
「……ふーん。とりあえず上がって」
「うん、お邪魔します」
　いつもどおり部屋に通されて、床に荷物を置かせてもらってそのまま座ろうとしたら、夏向が言う。
「こっち来て、俺のそばにいて」
　ベッドにドサッと座って、両手を広げて待っている姿が子どもみたいだけど、とても可愛い。
　言われるがまま夏向に近づくと、わたしの手を引いてベッドに倒れ込んだ。
　そして正面からわたしを抱きしめてささやく。
「……冬花不足で死にそう」
　こんなセリフをさらっと言うから、ほんとに心臓に悪い。

「しかもいつもと雰囲気違って、もっと可愛い」
「えっ、あ、ありがとう」
　可愛いって言われただけなのに、カァーッと頬が赤く染まっていくのがわかる。
　こんな顔ぜったいに見られたくないって思いながら、顔を埋める。
「……冬花、顔上げて」
「ひぇっ……!?」
　耳元でささやかれて、びっくりした反動で顔を上げてしまった。
「……あーあ、またそうやって煽るような顔するから」
　すぐに下を向こうとしたけど、その隙は与えてもらえず、グッと唇が押しつけられた。
「……んっ、待っ……」
「ここで待てるほど余裕ない」
　キスなんて数えられないくらいしてきたのに。
　唇から伝わってくる熱とか、絡めてくる指とか。
　ぜんぶ、初めてみたいな感覚になって、甘くて溶けちゃいそうになる。
　息の仕方もわからなくなって、あっという間に息苦しさに襲われて、夏向の胸を叩く。
「はぁ……っ」
　離れた瞬間、一気に酸素を吸い込む。
　すると、夏向が不満そうな顔をしながら。
「……冬花、キス下手になった」

「なっ……」
「息全然続かないから、長いのできない」
「や……、だ、だから緊張してるの……っ！」
　少しはこっちの気持ちもわかってほしい。
「へー、じゃあ緊張ほぐしてあげるよ」
　今度は優しくない、噛みつくようなキス。
　かと思えば上唇をやわく噛んで。
　なぞるように、唇の感触をたしかめるようなキスに、おかしくなりそう。
　再び唇が離れると、頭がボーッとして何も考えられなくなる。
　呼吸が少し乱れて、恥ずかしすぎて目にジワリと涙がたまる。
「……その顔、ぜったい俺以外に見せないで」
「っ……？」
「すごい色っぽい顔してる。抑えきかなくなりそう」
　気持ちがふわふわ浮いて、触れられるのが心地よくて、離れてほしくない。
　息がうまくできなくて苦しくて、呼吸がまだ整っていないのに、もっと欲しくて。
　潤んだ目で見つめたあと、自ら夏向の首筋に腕を回して、顔を近づける……。
「もう１回……ダメ……っ？」
　恥ずかしいとか言ってるくせに、こんな大胆なことができるのは、甘さで感覚が麻痺しているから。

「……あー、理性死んだ。これ以上俺を狂わせないでよ、おかしくなりそう」
　それはこっちのセリフだよって言い返したかったけど、すぐに唇を塞がれたから言えなかった。

　あれから少しだけ時間が過ぎた。
「く、唇がヒリヒリする……」
　夏向が全然止まってくれなかったから、どれくらいの時間キスをしていたのかわからない。
　今は2人でベッドに寝転んで、夏向に正面から抱きしめられている。
「か、かなた？」
「……」
　スウスウと規則正しい寝息が耳元で聞こえる。
　え、うそ、寝ちゃったの？
　起こさないようにゆっくり顔を上げると、気持ちよさそうにスヤスヤ眠っていた。
　なんだかこっちまで眠くなってきた。
　朝、いつもより早く目が覚めたせいもあるけど、それよりも夏向の体温が心地よくて、うとうとして、……ゆっくり目を閉じた。

「ん……」
　何やら頬をむにゅっと引っ張られたような感じがして、眠っていた意識が覚めてきた。

「かな……た?」
　うっすら目を開けると、目を細めて笑う夏向の顔がよく見える。
「……寝顔可愛い。ずっと見てられる」
「や、やだ……見ないで」
　ぜったい変な顔してるのに。
「ほっぺ、やわらかいね」
「やだ、ほっぺ触られるの嫌い……っ」
「なんで?」
「むにむにしてる、から」
「それがいいのに」
　やだって言っても、触るのをやめてくれない。
「……男ってさ、やわらかいもの好きなんだよ」
「な、何それ」
「自分にないから。女の子独特のやわらかさっていうの? それがたまんない」
「なんか夏向が言うと変態チックに聞こえるよ」
「ひどいね、褒めてんのに」
　ふと窓の外を見てみたら、さっきまで明るかったのに、今はもう暗くなっていた。
「そういえば今って何時?」
「夜の７時過ぎてる。冬花ずっと爆睡してたから」
「もうそんな時間!? ってか、最初に寝たの、夏向じゃん」
　せっかくだからお家デートっぽく、２人で映画のＤＶＤ見たりしたかったのに。

寝て過ごしてしまったなんてもったいない。
「冬花のそばだと眠くなる。抱きしめると落ち着くから」
「抱き枕みたいじゃん」
「抱き枕になる？　そしたら毎晩抱きしめてあげる」
　そんなのぜったい無理。
　毎晩抱きしめられたら、ドキドキして眠れない。
　とか言いつつ、さっきまで夏向の腕の中で爆睡していたけども。
　すると、この雰囲気に合わないグゥッというお腹の音が鳴った。かなり大きな音だったので恥ずかしいと思いながら、お腹に手をあてる。
「……お腹すいた？」
「うん」
「もう遅いし、なんか食べに行く？　それか出前でも取る？」
「近くのファミレス行きたいかな」

　夏向の家からいちばん近いファミレスに向かい、晩ごはんをすませて、再び家に帰ってきた。
　時刻は夜の9時を過ぎようとしていた。
　あとはお風呂に入って寝るだけ。
「お風呂の準備できたけど冬花が先入る？」
「あっ、夏向が先でいいよ？」
「ん、じゃあ一緒に入ろーか」
「うん……んん!?」
　あれ、今さらっと、とんでもないこと言わなかった？

「はい、じゃあ服脱いで。バンザーイ」
「えっ、ちょっ、ま、待った……！」
「何？　早く脱いで。手伝ってあげるから」
「い、一緒に入るなんて無理、ぜっったい無理……!!」
「は、なんで？」
「だ、だって今まで入ったことないじゃん！　恥ずかしすぎて無理なんだってば……！」
「別に恥ずかしがることないじゃん。俺は気にしないよ」
　そっちは気にしなくても、こっちが気にするんだよバカヤロウ……！
「ぜったいやだ、無理……っ！」
　お風呂なんて明るいからよく見えるし、逃げ場ないし、目のやり場に困るし。
「ふーん、ずいぶん頑固じゃん」
「今回は譲らないから……！」
「じゃあいーよ。お風呂は見逃してあげる」
　よかった、とホッとしたのもつかの間。
「ただ……寝るとき覚悟してなよ」
「へ……？」
「昼間みたいに寝られると思ってたら、大間違いだよ。それにまだ冬花からキスしてもらってないし？」
「うっ……」
　ま、まだ覚えてたか……って、わたし今晩寝れないの!?
　あわてるわたしを差し置いて、夏向はお風呂へ行ってしまい、15分くらいですぐに出てきた。

そのあとにわたしが1時間くらいお風呂に入っていたら、時計の針は夜の10時半を過ぎていた。
　まだ濡れている髪をタオルでドライしながら、夏向の部屋へと入る。
「……遅い、待ちくたびれた」
「だって、いつもこれくらいかかるもん」
　わたしを待っている間、ベッドに寝転んでスマホのゲームをしていたみたい。
「しかも髪まだ濡れてるし」
　すると夏向は部屋から出ていき、ドライヤーを持って戻ってきた。
「ん、おいで。俺が乾かしてあげるから」
「えっ、いいよ、自分でやる」
「いいから。俺がやりたいの」
「えぇ……」
　こうして夏向に髪を乾かしてもらうことになった。
　ドライヤーの大きな音が聞こえたと同時に、温かい風が髪を揺らす。
　ブラシを使いながら、丁寧に乾かしてくれる。
　人に髪を乾かしてもらうなんて滅多にないけど、結構気持ちがいい。
「髪、すごい伸びたね」
　わたしの髪を触りながら、夏向が言う。
「だって、夏向が長いほうが好きだって言うから」
「うん、冬花の長くてきれいな髪、好きだよ」

いつだって夏向を基準にしているから、こんな簡単な言葉に、ころっと落ちてしまう。
　もし、夏向が坊主を好きだとか言ったら、本気で坊主にしちゃいそうな自分が怖い。
　さすがにそこまではしないか。
「なんかさー、いいね」
「え？」
「冬花の髪から俺の匂いするって。こーゆーの男からしたらたまんないんだよ」
　うるさいドライヤーの音が止まり、急にガバッと後ろから抱きしめられた。
「か、かなた？」
「……抱きしめたらヤバいかも。俺のものって感じがして、すぐ理性死ぬ」
　そのままふわっと身体を抱き上げられて、部屋の電気を消して、ベッドに下ろされた。
　ベッドのすぐそばにある薄暗いライトがつけられているから、完全に真っ暗な状態ではないけど。
「さて冬花ちゃん」
　わざわざ"冬花ちゃん"だなんてからかうような呼び方をして、イジワルそうに笑う顔は何が言いたいのかよくわかる。
「今、2人っきりだよ？」
「そ、そうですね」
「あのときの約束忘れたとか言わないよね？」
「わ、忘れ……」

「忘れたなんて言ったら、立てなくなるくらい抱きつぶすけど」

　な、なんて恐ろしいことを言うんだ。

「それが嫌なら、やることわかるよね」

　わたしの顎をクイッとつかんで、逃さないように、早くキスしろって顔してる。

「わ、わかった、ちゃんとする……から！」

　もうこうなったら、覚悟を決めてやるしかない。

「じゃあどーぞ？」

　顔を近づけるために、少しだけ身体を上にずらしてみるけど、なかなかうまくいかない。

　ってか、お互い寝てる状態でするのって難しくない!?

「も、もうちょっと近づいてよ」

「やだよ、俺される側だもん。冬花が近づいてくればいーじゃん」

　これでも頑張ってるのに。

「あ、あと目閉じてよ」

「はぁ？　なんで」

「か、顔見られるの無理……！」

「ったく、わがままなお姫さまだね。じゃあ今回だけ特別」

　そう言って、スッと目を閉じてくれた。

　えぇい、もうするしかない……っ！　しちゃえばそれで終わるんだから。

　唇を夏向のと合わせるように、チュッと軽く触れるだけのキスをした。

「は、はい……っ、ちゃんとしたよ……！」
　もう恥ずかしくてたまらないので、すぐさま夏向の胸に顔を埋める。
「幼稚園児みたいなキスじゃん」
「い、いいでしょ、ちゃんとしたんだから」
　もうこれで勘弁してほしい。
　今のわたしには、これが限界。
「もっと深いのがよかった」
「も、文句言わないで……！　ほ、ほら寝よ！」
「えー、もうこれで終わり？」
「お、終わりだよ」
　服の上から、夏向の手が身体に触れてくる。
「あーあ、つまんない」
「つ、つまんなくない。わたしは夏向とこうやってそばにいるだけで満足だもん」
　すると夏向の手がピタッと止まった。
　そしてギュウッと抱きしめる。
「またそーやって可愛いこと言って。煽ってるって自覚してんの？」
　声が少しだけ余裕なさそうに聞こえる。
「……ほんと、冬花の可愛さって底が知れない」
　大切に優しく抱きしめてくれているのがわかるから、幸せな気持ちになる。
　そして、この日の夜は、お互いそのまま眠りについて、翌朝を迎えた。

Chapter.5

欲しいもの

　夏向と付き合い始めて、もうすぐ３ヶ月。
　気づけば12月の中旬に差しかかり、セーターやマフラーが必須(ひっす)になっている今日この頃。
　今年は一段と寒さが増しているような気がする。
　今日は冬休みに入る直前の終業式。
　手にカイロを持ちながら参加した、体育館での長かった式は午前で終わり、あとは帰るだけ。
　自分の席で帰る準備をしていると、樹里が何やらニヤニヤした顔でこちらを見てくる。
「さーて、もうすぐクリスマスですなー」
　あと数日と迫ったクリスマス。
　12月25日はクリスマスでもあるけれど。
「夏向の誕生日プレゼント、どうしよう……」
　じつは、夏向の誕生日でもあったりする。
　去年は付き合ってもいなかったし、何もお祝いしていないけれど、今年はそういうわけにはいかない。
「へぇ、木咲くん、クリスマスが誕生日なの？　だったらいいじゃない、プレゼント一緒に渡しちゃえば」
「そうなんだけど……。夏向の欲しいものって、いったいなんだろうと」
「はぁ？　あんた彼女なんだから見当くらいつくでしょ」
「いや、まったく……」

そもそも夏向って物欲があまりないんだよね。
　それに好きなものも、ハマってるものもこれといってないし、趣味もない。
　しいていうなら、ゲームが好きなくらい。
「何あげたら喜んでくれるかなぁ……」
　クリスマスと誕生日を一緒にお祝いするなら、外したものは買えないし……。
　聞いてみるのもありだけど、どうせならサプライズにしたいしなぁ。
「見当つかないなら、『プレゼントはわたし』とか言って、身体にリボン巻いときゃいいじゃない」
「や、やめてよ!!　そんな恥ずかしいことできるわけないじゃん!!」
「じゃあミニスカサンタでもいいんじゃない？」
「は……？」
　ってか、なんでプレゼントがわたし前提なの!!
「木咲くんが喜ぶものって、冬花しか思いつかないけど」
「い、いや、そう思って外したら、ただのイタイ女じゃん！」
　どうせだったら、何か形に残るものをプレゼントしたいけど、男子高校生が欲しがるものってなんだろう？
　すぐにスマホで【男子高校生　プレゼント】って検索をかけるけど、あまりパッとしたものが見つからない。
　定番の財布とか腕時計とか。
　この時期だとマフラーとか手袋とか。
「うーん……ますます悩む……」

「そんな悩むなら、今からデートにでも誘って、欲しいもの探ってみたら？」
　はっ、そうか、その手があった！
「そ、そうだね！　探り入れるために今からショッピングモール行ってくる！」
「そうしてみなさい。んで、24日にわたしからプレゼント用意しといてあげるから家にいてよ？」
「え、プレゼントとは？」
「さあ、なんでしょう〜」
　うわ、ぜったい変なものを持ってくるに違いない。
　顔が何か企んでる！
　こうして樹里と別れて、夏向にメッセージを送った。
【買い物したいから今からショッピングモール行ける？】
　すぐに既読がつく。
【いーよ】
　よし、なんとしても夏向の欲しいものをリサーチして、プレゼントするんだって、気合いを入れて教室を出た。

　そしてやってきました、ショッピングモール。
　とりあえず冷えた身体を温めるために、フードコートに入り、わたしはホットココア、夏向はコーヒーを飲んでいるところ。
　さて、うまく聞き出せるかどうか。
　机ひとつはさんで、わたしの正面に座っている夏向の顔をジーッと見る。

相変わらずきれいな顔をしているのに、瞳はやる気がなさそう。
　……って、見とれてる場合じゃない！
「ねー、冬花」
「ん、んん？　な、何？」
　ええ、なんでわたし、こんな不自然さ丸出しなの!?
「買いたいものって何？」
　ドキッ……！
　な、なんで今日に限ってそんなこと聞いてくるの！
「やっ、えっと、何か買いたいなぁって」
「買うもの決めてないのに来たの？」
　そりゃ、買うものをリサーチするために来てるんですから。
　誰かさんが物欲ないせいで、何が欲しいか不明だからね。
「み、見てから決めるの」
「へー、何買うのか気になる」
　できればサプライズで渡したいから、気にしないでもらえるとありがたいけど、そんなこと言えない。
　身体が温まったところでフードコートを出たわたしたちは、とりあえず雑貨屋さんへと向かう。
　店内を見渡しても、夏向が欲しそうなものがあるとはとても思えない。
　それもそうか。雑貨屋さんなんて、ほぼ女の子が欲しがるものしか置いていないし。
　とりあえず、プレゼントリサーチのカモフラージュとい

うことで、店内を回りながらぬいぐるみを見たりとか、マグカップを見たりとか。
　夏向は何も言わず、わたしの後ろをついて回るだけ。
　って、これじゃ、わたしのショッピングじゃん……！
「あ、あのさ、夏向？」
「何？」
「せっかくだから、夏向も何か見たいものとかない？」
「別にない」
　そ、即答(そくとう)……。そこはあるって言ってほしいところなんだけど！
「ってか、俺のことはいいから、冬花の買いたいもの買っていいよ」
　それができたら苦労しないんだよ……と思いながら、雑貨屋さんをあとにした。

　そのあとショッピングモール内をぐるぐる回ったけれど、夏向の欲しそうなものは見つからず。
　クリスマスシーズンということで、どこのお店も内装や商品がクリスマスバージョンのものが多かった。
　結局、リサーチ失敗……。
　今はショッピングモールを出て、家の最寄りの駅を目指して、電車に揺られているところ。
「はぁ……」
　思わずため息が漏れてしまった。
　ってか、わたしほんとに情けないな……。

夏向の欲しいものひとつわからないなんて。
　もともと夏向は、あんまり自分のことを話したがらないタイプだし、2人でいるときはいつもわたしが喋ってばかりだからなぁ……。
　もっとちゃんと、夏向のことを聞き出しておけばよかったのにと、後悔するばかり。
「……どーかした？　ため息なんかついて」
「いや、別に……」
「目当てのものなかったから？」
「うん……」
　今ここで何が欲しいか、夏向の口から言ってくれれば、助かるんだけど……と思っていたら、電車が駅に着いた。
　駅構内も、クリスマスの雰囲気に包まれていて、どこを見ても赤色とか緑色とかクリスマスカラーばかり。
　プレゼントどうしようと頭を悩ませながら歩いていると、夏向があるお店の前でピタッと足を止めた。
「……クリスマス」
「え？」
　ボソッとつぶやいて、目の前にあるショーケースの中身をジッと見ている。
「このサンタって食べられるの？」
「あ、それ食べられるよ。砂糖でできてるから」
　夏向が見ているものは、ホールのクリスマスケーキ。
　真っ白な生クリームに、真っ赤なイチゴ。
　上にはサンタとトナカイの砂糖の飾り物。

「へー、これ作りたい」
「え、作るってケーキを？」
「うん。……ってか冬花クリスマス予定ある？」
「な、何もないよ」
「じゃあその日は俺と会ってよ」
「も、もちろん」
　まさかとは思うけど、自分の誕生日忘れてないよね？
　クリスマスってイベントだけを覚えてるってことないよね？
「あんま甘いの好きじゃないから、甘くないケーキ作りたい」
「甘いから美味しいのに」
　けど、夏向の口からまさかケーキを作りたいって言われるとは思っていなかったから、クリスマス当日は2人でケーキを作ることに決めた。
　そして、プレゼントは結局悩みに悩んで、無難に白のマフラーを買った。

　そして、今日は夏向の誕生日前日のクリスマスイブ。
　明日に向けて家で準備をしていると、インターホンが鳴った。
　誰だろうと思い、玄関の扉を開けると。
「メリークリスマス。樹里サンタからお届けものだよー」
「えっ、なんで樹里が？」
　ポカーンと口を開けていると、「あのねぇ、終業式の日に言ったでしょ！　24日にプレゼントあげるって」と、若干呆れた口調。

あ、そういえばたしかに、そんなことを言っていたような気がしなくもない。
「寒いから、とりあえず中入っていい？」
「あ、どうぞどうぞ」
　チラッと樹里の手元を見てみると、何やら大きめの紙袋を持っていて、中身は何かわからない。
　とりあえず、寒い中来てくれたので、ホットミルクティーを用意して部屋に持っていった。
「んでー、どうだった？　木咲くんのプレゼントリサーチは、うまくいった？」
「見事に撃沈(げきちん)ですよ……」
　しょぼんと落ち込みながら、樹里が座る横に腰を下ろしてクッションを抱きかかえる。
「ほほーう。だろうと思って樹里サンタは、ちゃんといいものを用意してきてあげたのだよ」
　待ってましたと言わんばかりの顔をして、さっきまで手に持っていた紙袋を渡してきた。
「それなら木咲くんが喜ぶこと、間違いなし」
「な、なんでしょうこれは」
「袋から出して着てみなよ。多分サイズは大丈夫だと思うけど～」
　着る？　サイズ？
　え、なんか嫌な予感がしてきた。
　袋から取り出して目を見開いた。
「え、ななな何これ!?」

「どう〜、可愛いでしょ。クリスマスといえばやっぱサンタでしょ。それ、あんたのために買ってきてあげたんだから」
　中から出てきたのは、赤色のワンピース。
　白の丸いもふもふしたやつが３つくらい胸元からお腹にかけてついていて、おまけに丈がかなり短いし、肩が思いっきり出るオフショルだし……。
「い、いや、これいつ着るの!?」
「明日に決まってんでしょ。それ着たら木咲くんなんてちょろいもんよ」
「む、無理だって！　こんなの着られない……！」
「なに言ってんの。リボンじゃないだけ感謝しなさい」
「えぇ、そういう問題じゃなくない!?」
　こんなの着たらぜったい引かれる。
　そもそも、こんなの着られるスタイルを持ち合わせてないんだけど！
「大丈夫よ冬花、あんたもっと自分に自信持ちなよ、可愛いんだから。いいじゃん、クリスマスくらい少し積極的になってみれば」
「積極的……」
「そうそう、たまにはね。あんま受け身ばっかだと、そのうち飽きられたりするかもよ？」
「えぇ……」
　こうして悩みに悩んで、クリスマス当日、着るかどうかはわからないけれど、いちおう荷物として持っていくことに決めた。

誘惑

　——そして迎えた12月25日。
　今わたしは、全身鏡の前で最終チェックをしている。
　いつもより少しだけ可愛くしたつもり。
　肩がシースルーのデザインになってる薄いピンクのワンピースに、髪はくるくる巻いて上のほうでお団子にしてまとめてみた。
　普段あまり着ない白のロングコートを着て、ピンクのマフラーを巻いて。
　めちゃくちゃ甘めなコーデが完成した。
　おかしくないかな……と少しの不安を抱えながら、お昼を軽く食べて夏向の家へと向かう。
　この前泊まったとき、荷物は全然なかったのに、今日は両手に荷物を抱えている。
　プレゼントとか、ケーキを作るための材料とか、自分の荷物とか。
　それから……着るかどうかわからないけど、いちおう樹里からもらったものも、ちゃんと持ってきてはいる……。
　多分着ないだろうけど……と思いながら、インターホンのボタンを押した。
　扉が開いて、中から夏向が出てきた。
「あっ、お誕生日おめでとう……っ！」
「……」

あれ、いきなりすぎたかな。
　まったく反応がなくて、目の前で固まっている。
「か、夏向？」
　首を傾げながら夏向を見ると、ハッとしたような顔を見せた直後。
「……ありがと」
　すごくぶっきらぼうにお礼を言われた。
　え、なんでそんな反応が微妙なんだろう？
　もしかして、今日あんまり機嫌よくないとか？
　だって顔が険しいし。
「な、中にお邪魔してもいい？」
「……あー、うん。いいよ」
　ほら、なんか反応遅いし。
　よくわからなくて、少し不安になりながら玄関に入っていくと、後ろでボソッと――。
「……はぁ、可愛すぎて気が狂いそう」
　その声がわたしの耳に届くことはなかった。

「じゃあ、今からケーキ作ろっか」
　リビングに通してもらい、大きなダイニングテーブルの上に必要な材料を並べる。
　夏向のご希望どおり、サンタとトナカイの砂糖菓子もちゃんと買ってきた。
「作り方わかんない。俺食べる係がいい」
「ええ、それじゃダメだよ。やり方教えるから一緒に作ろ

うよ」

　まあ、作るっていうか、デコレーションするって感じだけど。

　さすがにスポンジケーキを作る工程から始めると時間がかかるので、とりあえずスポンジケーキは市販のものを買ってきた。

　やることといえば、生クリームを泡立て器で混ぜて、ケーキに塗って、イチゴを切ってのせるくらい。

「じゃあ夏向はまだ何もしなくていいよ。生クリームはわたしが作るから」

　ボウルに生クリームを移して、グラニュー糖を入れて、氷水で冷やしながら混ぜる。

　なかなか苦戦しながらも、時間をかけてやっているとサラサラの状態からクリーム状になった。

「はい、できた。甘さ、これでいいかなぁ」

　味見もかねて、生クリームを指ですくって舐めてみた。

「んー、あんまり甘くないけど、これくらいがいいかな？」

　さっきからずっと隣に立ったまま、何もしないでいる夏向に聞いてみると。

「……唇にクリームついてる」

「へ……っ、ん……」

　無理やり夏向のほうを向かされて、強引に唇が重なってきた。

　啄ばむようなキスに溶けちゃいそうで、足に力が入らなくなる。

膝がガクッとなったけれど、夏向の長い腕が腰に回ってきていて、バランスを崩さずにすんだ。
「……んっ、ダメ……」
「……ダメじゃない、抵抗しないで」
　甘すぎてクラクラして、酸素が足りなくて息苦しい。
　夏向の胸を軽く叩くと、ようやく放してくれた。
「……キス、甘いね」
「っ……！　なんでキスするの……っ！」
「唇にクリームついてたから、舐めてあげただけ」
「う、嘘だ……っ！」
　だってイジワルそうに笑ってるし、その顔に嘘だって書いてあるもん。
「キス、嫌だった？」
「そ、それは……」
　急にシュンとした様子で聞いてくるから、答えに迷っていると。
「いいに決まってるよね。あんな甘い声出してんだから」
「なっ……、バカッ！」

　そんなこんなで、ケーキ作りは無事に終わって、今はリビングにある大きめのソファに座って、切り分けたケーキを食べようとしているところ。
「はい、じゃあこれは夏向の分」
　お皿とフォークを手渡しすると、何やら不満そうな顔をしている。

「冬花が食べさせてよ」
「え、な、なんで?」
「あーんしてほしい」
「こ、子どもじゃないんだから」
　プイッと横を向いて目線を外してみれば。
「誕生日くらい甘やかしてくれてもいーじゃん」
「う……っ」
　いつも甘やかしてるつもりなんだけど……と思いつつ、今日の主役は夏向なので聞いてあげるしかない。
「は、はい。じゃあ口開けて」
　わたしが言うと、素直に口を開けて待ってる姿がいつもより幼く見えて可愛い。
「……? 早くケーキちょーだい」
「あっ、ごめんごめん」
　いけない、可愛いからすっかり見とれてしまっていた。
　フォークでひと口サイズに切ったケーキを口に運んであげると、夏向はパクッと食べた。
「ど、どう?」
「ん、あんま甘くなくて美味しい」
「そっか、よかった。甘さ控(ひか)えめで作ったんだよ?」
「へー。ん、もうひと口ちょーだい」

　こうして、ケーキを食べ終えたわたしたちは、夏向の部屋に移動した。
　プレゼントを渡すタイミングを完全に見失ってしまい、

いつ渡そうか、そわそわしてしまう。
　ここで樹里からもらったワンピースが頭の中にボンッと浮かんで、まだ着てもいないのに恥ずかしくなって顔が赤くなる。
　それをごまかすように身体を丸めながら座って、クッションで顔を覆う。
「冬花どーかした？　さっきから様子変だけど」
「い、いや、なんでもない……よ」
　はぁぁぁ、もうどうしたらいいの……！って心の中で叫んで悩んでいると——。
　わたしのスマホがピコピコッと鳴った。
　メッセージが届いたんだと思い、確認すると差出人は樹里だ。
【どう〜？　うまくいってる？　ちゃんとサンタやりなさいよ〜？　積極的にならないと逃げられるわよ】
　いつもは自分から積極的になることなんてできないけれど、今日なら……勢いでなんとかなるような気がするような、しないような……。
「何、どーしたの？」
　いつも夏向に翻弄されてばかりだから、今日くらいはわたしが誘惑してみてもいい……かな。
「な、何もないよ。ちょ、ちょっと樹里に電話してくるからここで待ってて！」
　不思議そうな顔をした夏向を置いて、持ってきた紙袋を片手に部屋を出た。

お風呂場の脱衣所に駆け込んで、着替えをすませてみたのはいいものの……。
「うわ……やっぱりやめようかな……」
　サイズはピッタリ。
　ただ、丈がほんとに短いし、恐ろしいくらい似合っていない。
　こ、こんなの着てバカにされたりしないかな。
　ってか、何やってんの？とか冷めた顔で言われたらどうしよう。
　それに、今日の夏向なんか機嫌悪そうだし。
　ケーキ作って食べてるときは、そうでもなかったけど。
　いろいろ考えても仕方ないので、とりあえず頑張るしかない……。
　覚悟を決めて、夏向がいる部屋へ戻ることにした。

　コンコンと部屋の扉をノックして、扉から顔だけひょっこり出して中の様子をうかがう。
「……ノックなんかして、どーかした？」
「えっと、いや……どういたしません」
「何それ。ってか、さっきから挙動不審だけど。顔だけ出してどーしたの。早く中入ってきなよ」
　いざこの格好をしてみたものの、やっぱり恥ずかしすぎて中に入れない。
　そもそも部屋の電気明るすぎだし。
「あ、あのね夏向？　部屋の電気少し薄暗くしてもいい？」

「……は、なんで？」
「な、なんでも」
　めっちゃ怪しむ顔でこっちを見ている。
「ふーん、別にいいけど。そしたら俺のところに来てくれるの？」
「う、うん」
　入り口のそばにある電気のボタンをピッと押すと、明るさがだいぶなくなって、薄暗い灯(あか)りのみになった。
「あ、あのもう１つ……！」
「……今度は何」
「わたしがいいって言うまで、目閉じてて」
　必死に"お願い"という瞳で見ると、夏向は何やら楽しそうな笑みを浮かべた。
「……いーよ。何があるか楽しみだね」
　目を閉じてくれたのが確認できたので、ドキドキしながら足を踏み入れる。
　そっと近づいて、ベッドに座っている夏向の前まで来た。
　少し目線を落とすと、夏向の顔がよく見える。
「……冬花？」
「ひえっ……」
　目を閉じたまま、手探りでわたしがそばにいることを確認しようとする夏向の腕が急に腰に回ってきて、変な声が出てしまった。
「もう目開けてもいい？」
「っ、うん……いい、よ」

閉じていた目がそっと開いた。
そしてみるみるうちに、目が真ん丸に見開かれて、とても驚いた顔をしている。
「……うわ、何その格好」
上から下までジッと見たあと、不機嫌そうな声で言う。
や、やっぱり調子にのってこんな格好をしたことで、気分を害したのかもしれない。
あわてて、自分の腕で身体を隠そうとしたら、夏向が驚きの顔から一変し、余裕そうにフッと笑いながら。
「隠しちゃダメだよ、ちゃんと見せて」
「や……、む、無理……っ」
「こんなエロいサンタ見たことない」
「うっ……」
「普通に欲情した」
「よ、よくじょ……っ!?」
とんでもないワードが聞こえて、声をあげてしまった。
そして、夏向は相変わらず楽しそうな表情をしながら、わたしの唇にトンッと人差し指をあてる。
「ねー、サンタさん。いい子にしてた俺にプレゼントはないの?」
ワンピースのヒラヒラした裾を引っ張りながら、甘い声でおねだりしてくる。
「やっ、ぅ……」
やっぱりこんな格好恥ずかしくて耐えられない……っ!
逃げ出そうとしたのに、その行動を先に読んだ夏向が、

逃がさないと言わんばかりの瞳をして、わたしの身体をベッドに押し倒した。
「ねー、こんな肩と脚出して寒くないの？」
　上に覆い被さって、そんなことを聞きながら、首筋を指でそっとなぞってくる。
「……やっ、ダメ……っ」
　夏向の指の動きにゾクッとして、声が抑えられない。
「声抑えなくていいよ。我慢せずに好きなだけ甘い声で鳴いてくれれば」
「っ……！」
　すると、夏向の指先が背中に回って、ファスナーをジーッと下ろす音がした。
「ちょっ、な、何するの……！」
「何って、誘ってきたのそっちじゃん」
「や、こ、これは……っ、とにかく脱がさないで！」
「脱がすつもりないけど」
「……へ？」
「脱がすのもったいないから、このまましてみるのもありだよね」
「っ!?」
「まあ、その前に」
「……？」
「可愛いサンタさんに俺からプレゼントあげる」
「え……？」
　スッと左手の薬指に冷たい何かがはめられた。

すぐに手元を確認して、驚いたと同時に嬉しさで涙が溢れてきた。
「メリークリスマス」
「ぅ……っ、何……これ……っ」
　指に光るシルバーリング。
「ペアリングってやつ？」
　そう言いながら、夏向も自分のリングを左手の薬指にはめた。
「こ、こんなサプライズ聞いてないよ……っ。今日の主役は夏向なのに……っ」
　サプライズするつもりが、逆にサプライズされて泣いてしまうなんて彼女失格だよ……っ。
「言ったらサプライズにならないじゃん」
「そうだけども……っ」
「サプライズとか嫌だった？」
　嫌なわけない。
　むしろ嬉しくて嬉しくてたまらない。
　そう意味を込めて首を横に振る。
「ピアスも……おそろいのもの、もらってるのに……っ」
「指輪はさすがに冷やかされるから学校ではできないね」
　こんな幸せなクリスマスは初めて。
　大好きな夏向と一緒に過ごせて、素敵なプレゼントまでもらって。
「……いつかさ、ちゃんとしたやつプレゼントできたらいいなって思う」

また、そんな期待させるようなこと簡単に言って。
「こ、これでも充分だよ……っ」
　値段なんて関係ない。
　夏向がわたしにくれたってことに意味があるから。
　ピアスをもらったときは、ちゃんとお礼が言えなかった。
　だから、今日はちゃんと言うよ。
「かなた……っ、ありがとう……っ」
　泣きながら、へにゃっとした笑顔でギュウッと抱きつくと、そのまま夏向がわたしの隣にドサッと倒れた。
「あーあ、またそーやって煽るから」
「……？」
「昼間来たときだって、いつも可愛いのにもっと可愛くしてきて。俺がどんだけ我慢してるかわかる？」
「え……だって夏向すごく機嫌悪そうだったじゃん」
「はぁ？　そりゃそーでしょ。扉開けた瞬間に可愛い冬花を目の当たりにして、押し倒したいとか思ったけど我慢したんだから褒めてよ」
「ええ……」
　ってか、今さっきまで押し倒してたじゃん。
「もうほんとさー、どれだけ俺を翻弄する気？」
「や、えっと、たまには……積極的になるのもいいかな、と思いまして」
「へー、俺を誘惑するためにこんな格好したの？　悪い子だね、襲ってくださいって言ってるようなもんじゃん」
「そ、そんなつもりない、もん」

「そっちはそーゆー気なくても、俺からはそうやって見えるんだよ」
　あれ……なんだか、夏向の瞳がとても危険に見えるのは気のせいでしょうか。
「ねー、サンタさん？　そろそろ俺にご褒美くれないの？」
「っ……」
　甘い誘惑にストンッと落ちてしまう。
　再び、わたしの上に覆い被さってきて、そっと甘く耳元で……。
「……煽ったんだから、それなりに覚悟しなよ。意識ぶっ飛ぶまで冬花のこと求めるから」
　──ささやかれた言葉に逆らうことはできない。

　結局、用意していたマフラーは翌日に渡すことになってしまった。
　喜んでもらえるか不安だったけれど、「冬花からもらえるもんなら何でも嬉しいよ」と言ってくれて、毎日使うとも言ってくれた。
　大切な人の大切な日に、こうして一緒に過ごすことが、こんなに幸せなんだって実感した日でもあった。

ヤキモチ

　季節は相変わらず冬の寒さが続く2月中旬。
　とある日の休日。
　わたしはあるものを作るために、家のキッチンに立っていた。
　ちなみに、助っ人として樹里が遊びに来てくれている。
「んー、なかなか固まらない……。生クリームの分量が多かったのかな」
「冬花ってさ、普段料理してるから、なんでも作れるのかと思ったら、お菓子とかまったくダメなんだねー」
　ボウルとにらめっこをしているわたしに、樹里がやれやれという感じで言ってくる。
「お菓子作りなんて小学校のバレンタイン以来だよ」
「けどクリスマスは、木咲くんとケーキ作ったんでしょ？」
「あれは、生クリーム泡立てたくらいだし」
「ほーう、これじゃ他の女子たちに敗北しそうだねぇ」
「うぬ……」
　今わたしが何をしているのかというと……数日後に迫ったバレンタインに向けて、夏向に渡すチョコレートを作っている。
　甘さ控えめのトリュフを作ろうとしているんだけど、なかなか苦戦して失敗の繰り返し。
　樹里がお菓子作り得意だから、助っ人として呼んだのに、

全然役割を果たしてくれない。
「ってか、手作りが無理なら市販のでいいんじゃない?」
「それはやだ……。ちゃんと作りたいもん」
「あんたほんと恋する乙女だね。去年のクズみたいな冬花どこいったってくらい、今ピュアだからびっくりだよ」
「クズって……。もっとオブラートに包んでよ」

　何度目かの正直で、ようやくチョコがいい感じに固まったので、丸めようとしたんだけど。
「えぇ、何これ、全然うまく丸まらない」

　ビニールの手袋をして手で丸めるけど、手の温度でチョコが溶けて、ベタベタして形が整わない。

　世の中の女子たちは、毎年こんなに苦労してチョコを作っているのかって思うと尊敬しかない。

　心が折れそうになっていると、ここでやっと助けの手が。
「そういうときは手でやらずに、スプーン使ってやってみたら?」
「スプーン?」
「そうそう。2本用意して、それで丸めるの」
「え、やってみる」

　樹里に教えてもらったとおりやってみたら、手で丸めるよりはだいぶきれいな形に整った。

　最後にココアパウダーをまぶして、箱に入れてラッピングをしてようやく完成。
「つ、疲れた……」
「お疲れー」

ソファにグダーッと倒れ込む。
「女の子ってすごいね、最強だよ……」
「何よ急に」
「好きな人のためにここまで労力使うの、すごすぎる」
「労力って。まあ、愛の力はそれだけすごいもんなのよ」
　まあ、わたしの場合は、効率が悪かったっていうのもあって、時間がかかったのはあるだろうけど。
「喜んでくれるかな」
「そりゃ喜ぶでしょ。まあ、他の女子たちも負けずに木咲くんにチョコ渡すだろうけど」
　はぁ、そっか……。
　夏向に片想いしてる子って結構いるだろうし。
　どれくらいチョコもらうんだろう。
　わたし以外の子から受け取るの嫌だなって思うのは、わがままなことなのかな。
　去年もらってたっけ？
　記憶をたどってみるけど、見事に覚えていない。
「モテる男の彼女も大変だねぇ」
「なんかバレンタイン、憂うつになってきた」
「まあ、木咲くんは冬花しか眼中にないから、そんな心配することないと思うけどね」
「どうかな……」
「大丈夫よ、彼女として自信持ちなさい。そんな心配なら、他の子からもらったチョコなんて、ぜんぶ冬花が食べちゃえばいいのよ」

「えぇ、それはやだよ」

　そして、だいぶ不安を抱えたままバレンタイン当日を迎えた。
　学校に行ってみると、女子たちみんなが大きめの紙袋を持っている。
　さっそくチョコを配っている子もちらほら。
　わたしは、いつ夏向に渡そうかなと悩みながら、いちおうカバンの中にスタンバイさせている。
　ってか、そもそも夏向は今日学校に来るつもりはあるんだろうか？
　こういうとき、クラスが一緒だったら出欠席がわかるからいいのにな……。
　もうすぐクラス替えがあるから、3年生では同じクラスになれたらいいな……と思いながら1日を過ごした。

　そして迎えた放課後。
　お昼休みに夏向のクラスへ行ってみたけど、姿は見当たらず。
　やっぱり学校に来ていないとか？
　夏向のことだからありえそう。
　すると、クラスにいる女子たちの一部から声がする。
「木咲くんにチョコ作ってきたのに、今日休みみたいなんだよね〜」
「えぇ、そうなの？　わたしも渡そうと思ってたのに〜！」

うわ、敵は思わぬ身近なところにいるわけだ。
　多分、この子たちだけじゃないだろうな。
　ってか、やっぱり今日学校に来ていないんだ。
　すると、タイミングよくスカートに入っているスマホが音を鳴らした。
「も、もしもし？」
『授業終わった？』
　電話をかけてきたのは夏向だった。
「うん、もう終わったよ」
『じゃあ、今から俺の家来てよ』
「今日学校に来てないの？」
『うん、いろいろ面倒いからサボった』
　いろいろ面倒いとは……やっぱりバレンタインが面倒だっていうこと？
　もしかして、夏向にとってバレンタインってやつは迷惑でしかなくて、チョコなんて欲しくないとか。
　張りきってチョコを作ったことを少しだけ後悔する。
　通話中だっていうことを忘れて黙り込んでいると。
『冬花？』
「……あ、ごめん。じゃあ今から行くね」
　あわてて電話を切った。

　あっという間に夏向の家に着いて、部屋に通され、今はベッドを背もたれにして、クッションを抱えて床に座っている。

真横には夏向。
　今はスマホのゲームに夢中みたい。
　そんな夏向の肩に頭をコツンとのっける。
「……どーしたの？　相手してほしい？」
　嬉しさを含んだ声で、スマホをいじるのをやめて、わたしの頬に触れてくる。
　何も答えない代わりに、夏向にギュウッと抱きつく。
　いつもより、ほんの少しだけ積極的になる。
「なんかあった？」
「う、ううん、何もない……よ」
「嘘つき。なんかあったでしょ」
「何もないもん……」
　あぁ、強がって可愛くない。
「こういうときは素直になったほうが可愛いと思うけど」
「っ……」
「まあ、無理に言わせるつもりはないけ——」
「きょ、今日……」
　夏向が話している途中だったのに遮った。
「ん？」
「今日……なんで学校来なかったの」
　夏向が学校をサボるなんて珍しいことじゃない。
　だけど今日は、バレンタインが面倒だからサボッたような気がするから。
「うーん、面倒だから？　今日バレンタインだし。去年行ったらすげー面倒なことになったから」

ほら、やっぱり……。
　不安は的中した。
　わたしだけが張りきって準備して。
　だけど夏向にとっては、面倒ごとでしかなかったんだ。
　温度差を感じて虚しくなって、涙が出そうになる。
　わたしってこんなに涙もろかったっけ……？
　やだな、ここで泣いたら不自然さしかない。
「ごめん……今日は帰る……っ」
　パッとその場から立ち上がり、カバンを持って部屋を出ようとしたけど。
「待って、なんで泣いてんの」
　手首を簡単につかまれて、おまけに泣いていることがバレてしまった。
「放して……。泣いてない、から……っ」
「嘘つき。冬花のことなんて、ぜんぶお見通しなんだよ」
　そう言って、優しく抱きしめてきた。
「何があったの？　俺に言えないこと？」
「……」
「へー、黙るんだ。頑固だね」
「言いたくない……っ」
「言ってくれないと、言うまで口塞ぐよ」
　下を向いたまま、何も言わないでいると、夏向の指がわたしの顎を簡単にクイッと上げた。
「……ほら、やっぱ泣いてんじゃん」
「泣いてない……っ」

「んじゃ、その目から出てるやつなんなの？」
「水……」
「ったく、ほんと強がりだね。だったらこっちもそれなりの手段に出るから」
　そのまま押しつけるように唇が重なった。
　深く深く口づけをして、放してくれない。
　何度も角度を変えて、唇の形をなぞるようなキスは、いつまでも慣れない。
「……言う気になった？」
「や……、言わない……っ」
「ふーん、なら俺も好きなようにするから」
　意地でも言わせるつもりなんだってくらい、息継ぎをするタイミングすら与えてくれない。
　酸素が足りなくて、頭がボーッとして息苦しい。
　ギュッと夏向の服を握って限界の合図を送るけど。
「……苦しい？　けど放してあげないよ」
　イジワルしないでって言いたいのに、言わせてくれない。
「も、う……言うから……っ」
　これ以上は限界だと感じて、なんとか声を振り絞った。
「最初から素直にそうやって言えばよかったのに」
　唇が離れた直後、息なんて切らさず、勝ち誇った夏向の顔が見えた。
　身体の力がグダッと抜けて、夏向にすべてをあずける。
「んで、何があったの？　早く言わないとまた息できないくらいキスするよ？」

「ちょっ、待って……い、言うから……」
　これ以上暴走されたら、こっちの身が持たない。
「うん、じゃあ早く言って」
「バレンタイン……、夏向は嫌なんでしょ？」
「……は、なんで？」
「だって、今日学校サボッたのもバレンタインが面倒だからってさっき言ってたじゃん……。せ、せっかくわたしが頑張ってチョコ作ってきたのに……、それなのに面倒だって言われたから、温度差感じて悲しくなって……」
　やだ、ぜったいこれ以上泣きたくない。
　グッと泣きそうになるのをこらえる。
「……それで様子おかしかったの？」
「そ、うだよ……」
「へー、可愛いじゃん。俺のためにチョコ作ってくれたの？」
　抱きしめる力を緩められて、顔を覗き込まれると、夏向の表情は嬉しそうに笑っている。
「バレンタインが嫌いなのはたしかだけど、彼女からもらえるんだったら嫌なわけないじゃん」
「……へっ？」
「冬花はもっと自覚持ってよ。俺こんなに冬花でいっぱいなのに。他の子なんてどーでもいいくらい」
「わたしだって、夏向でいっぱいだもん……っ」
　恥ずかしさをごまかすために、ギュウッと夏向の身体に抱きつく。
「バレンタインだって、ほんとは冬花からもらえるか期待

してたんだよ」
「え……、そうなの……？」
「そりゃーね。だから家に呼んだのに。それなのに不安そうな顔して泣き出すし、帰るって言うから」
「だって、その前に夏向がバレンタイン面倒だって言うから渡せなくて……」
「それは冬花以外の子のこと言ってるだけ。ねー、それより早く俺にチョコちょーだいよ」

　いったん身体を離してもらい、カバンの中に入っているチョコを渡した。
「ほ、他の子みたいに上手じゃないから」
「他の子なんてどーでもいいし。冬花にもらえるから嬉しいんだよ」

　ベッドに座って、ラッピングのリボンをほどいてチョコを口に入れた。
「へー、トリュフ作ったんだ」
「甘さ控えめにしたんだよ」

　すると、これまでに見せたことないくらいの笑顔で、わたしを見た。
「……ありがと。お返しちゃんとしないとね」

　夏向は何もわかってない。
　その反則級の笑顔が、わたしをどれだけドキドキさせているのか。
「ホワイトデー、忘れないでね？」
「ふっ、忘れないよ。それか今お返しあげよーか」

片方の口角を上げて、ニッと笑って。
　ふわっと甘い香りをさせながら落ちてきたキスは、ほんのり苦い、チョコの味がした。

独占欲

もうすぐ桜が咲きそうな春を迎えた。

今日、3月1日は3年生の卒業式。

1年後の今頃は自分が卒業するんだって思うと、残りの高校生活もあと少しなんだなぁと感慨深い。

ついさっき無事に卒業式が終わったところで、卒業生代表で挨拶をしていたのは佑都先輩。

いつもより制服をきちんと着こなして、真面目モードの先輩に、在校生たちはみんな惚れ惚れしていた。

今は卒業生がグラウンドとか中庭で写真を撮っていたり、アルバムにメッセージを書いたりしている。

そんな様子を少し離れた場所から、夏向と見ている。

本来なら、卒業式が終わったら在校生は下校してもいいんだけれど。

どうしても最後に、佑都先輩にお礼を言いたいと思ったので、今もまだ学校に残っている。

文化祭の日から、佑都先輩とは学校で会うことはそんなになくて、連絡を取ることもないままだ。

このまま、何事もなかったように先輩が卒業するのを見送ってもいいかと思ったけれど。

——でも、それは違うと思った。

散々わたしの自分勝手で振り回してしまって、たくさん優しくしてもらって、そばにいてもらったんだから、最後

くらいは笑顔でお礼を言って見送りたい。
　夏向はかなり不満そうだけれど、とくに反対はせずに一緒に佑都先輩を待ってくれている。
　佑都先輩は、たくさんの女の先輩や在校生たちに囲まれていて、ネクタイやらブレザーのボタンやらが取り合いになっている。
　モテる人の卒業式って大変。
　遠くからそんな様子を眺（なが）めていると、偶然なのか、佑都先輩と目が合った。すると何やら口パクしながら、ある場所を指さしてくる。
『校舎裏』
　多分、校舎裏の人があまりいないところで待ってろって意味かな？
　佑都先輩の今の様子を見る限り、とても抜け出せそうにないんじゃと思いながら、夏向と校舎裏に向かった。

　校舎裏のベンチに座って待つこと数分。
「やー、待たせてごめんねー。もう女の子たちの囲みがすごくてね」
　服装がかなり乱れた佑都先輩が現れた。
　ネクタイはないし、ブレザーのボタンはもちろん、シャツのボタンまでなくなっているところがある。
　さっきの卒業式で、しっかり制服を着こなしていた先輩はどこかへ行ってしまった。
「あっ、えっと、卒業おめでとうございます」

ベンチから立ち上がって、先輩のそばに寄って、ペコッとお辞儀をしながら言う。
「あと、いろいろお世話になりました」
「そーだね、いろいろお世話かけられましたね」
　わたしのほうを見ながら言ったかと思えば、今もベンチに仏頂面で座っている夏向に対して声をかける。
「あれー、木咲くんからのお祝いの言葉はないのかな？」
「……おめでとーございます」
　見事な棒読み。
　全然心がこもってない。
「ははっ、相変わらずガキっぽいねー。冬花ちゃんはほんとに木咲くんでいいの？　まだ俺でも間に合うよ？　よかったら彼女になる？」
「お、お断りします」
「えー、残念だね。俺なかなかいい男なのに」
「自分で言っちゃうあたりが、先輩らしいですね」
　相変わらず、おちゃらけているというか、お調子者というか。
「でも、さっきの卒業生代表の挨拶、かっこよかったですよ。真面目で、凛としてて」
「へー、嬉しいね、冬花ちゃんに褒めてもらえるなんて。じゃあ俺の彼女になろうか」
「ふざけないでください」
「ははっ、冗談通じないねー」
「先輩が言うと冗談に聞こえないんです！」

こんなやり取りをしていると、夏向がムスッとした顔をして言う。
「早く帰りたい。もういいでしょ、コイツにお礼言えたんだから」
「おいおい木咲くん、コイツ呼ばわりはひどくない？　俺これでもキミの先輩なんだけどなー？」
　2人とも前と変わらず相性が悪い。
　というか、夏向の口の利き方が悪いのかな。
「さっさと卒業して、冬花のこと忘れてください、センパイ」
「おー、相変わらず独占欲強いねー」
　すると、先輩が何かを思い出したように手をポンッと叩いて、イタズラを企んでいる顔をした。
「あ、そーだ、冬花ちゃん」
「なんですか？」
「前に俺がプレゼントしたクマは、今もまだ大切にしてくれてる？」
「あ、それならちゃんとベッドのそばに置いてますよ」
　だいぶ前に先輩からもらったクマのぬいぐるみは、ベッドのそばに置いていたり、たまに抱きしめて眠ったりしている。
「へー、そっかそっか。それならよかったよ」
　わたしに向けて言っているはずなのに、なぜか夏向のほうを見て言っているような……。気のせいかな。
「まあ、俺はこれで卒業して冬花ちゃんに会えなくなっちゃうけど。さびしかったら、いつでも呼んでよ」

「いや、それはだいじょ……わっ!!」
　後ろから強引に、夏向にガバッと抱きしめられた。
「冬花は俺のなんで、口説くのやめてもらえません？」
「うおー、顔怖いよ。仕方ないなあ、これ以上怒らせると冬花ちゃんがあとで大変なことになるから、この辺にしといてあげるかー」
「……」
「じゃあ２人とも、これからもお幸せにね」
　わたしたちのほうに背中を向けて、手をヒラヒラと振っている先輩の後ろ姿。
「佐都先輩……っ！　ほ、ほんとにありがとうございました……っ！」
　今さらだけど、心を込めてお礼を言って、先輩の背中を見送った。

　先輩が去ってから、夏向の機嫌がますます悪くなり、急にわたしの家に行きたいと言い出したので、今、部屋に通したところだ。
「んで、クマってなんのこと」
「え、あっ、佐都先輩がくれたの。これだよ、ふわふわして抱き心地よくて可愛いでしょ？」
「全然可愛くない、このクマ俺がもらう」
「え、ダメだよ！」
「なんで？　他の男からのプレゼント大事にしてるとか腹立つんだけど」

「これは別に、佑都先輩からもらったから大事にしてるとかじゃなくて。純粋に可愛いから大事にしてるんだよ？ クマに罪はないもん」
「そんなのカンケーない」
「えぇ……」
　夏向って前もそうだったけど、独占欲がかなり強いような気がする。
　それを言ってみると……。
「……冬花限定だし。ってか、俺を妬かすようなことする冬花が悪いんじゃん」
「だって、ぬいぐるみにヤキモチ焼くなんて思わないもん」
　すると、ため息をついて、わたしの身体を雑にベッドに押し倒した。
「俺さ、冬花が思ってる以上に独占欲ってやつが強いから」
　ヤキモチを焼いて、不満そうな顔をしていたのから一変、いつものイジワルそうな笑みを浮かべながら──。
「……これから先、放すつもりないから覚悟しててよ」
　それなら、わたしだって負けてないもん。
　夏向の甘い言葉も、キスも、独占欲も……。
　ぜんぶ、わたしのもの。

＊End＊

Chapter.5 >> 273

あとがき

いつも応援ありがとうございます、みゅーな**です。
この度は、数ある書籍の中から『無気力なキミの独占欲が甘々すぎる。』をお手に取ってくださり、ありがとうございます。

実はこのお話、初めは長編ではなく、短編で終わる予定でした。とりあえず夏向に言わせたいセリフをメモに残して、ラストも全く違うかたちで終わる予定だったんですが、書き始めたら思った以上に楽しくて、気づいたら長編に切り替えていました(笑)。

冬花も夏向もかなりこじれた性格で、めちゃくちゃ扱いにくかったなぁと(笑)。それに加えて複雑な関係性だったので、読者の皆様に受け入れていただけるかとても不安でしたが、更新中にたくさんの感想をいただけて、2人を好きだと言ってくださる方もいらっしゃって、とても嬉しかったです(泣)。
また今回、サイトでは書いていなかった夏向sideのお話も書くことができて、とても満足しています！

作品とはあまり関係ないお話なんですが、わたしには家族のように大切な子がいます。いつも相談にのってもらっ

てばかりで、その子がいなかったら今のわたしはいなかったといえるほどです。
　そして、作品を通してわたしを知ってくださる方も増えて、出会いとかきっかけって、どこにあるかわからないなって思いました。
　わたしと出会ってくださった皆さまに本当に感謝です。

　また、今年は野いちご文庫のアンソロジーに参加させていただいたり、文庫をコミカライズしていただけたりと、いろいろな機会をいただき、充実した１年だったなぁと思います……！

　最後になりましたが、この作品に携わってくださった皆さま、本当にありがとうございました。
　とくに、今回もイメージどおりの可愛いカバーイラスト、相関図を描いてくださった、イラストレーターのOff様。ちょうど２年前に、初めて文庫本を出させていただいたときから、ずっとイラストを担当していただけて、本当に感謝しかありません。
　そして、ここまで読んでくださった皆さま、応援してくださった皆さま、本当にありがとうございました！

　またどこか、別の作品でお会いできることを願って。

2019.10.25 みゅーな**

作・みゅーな**

中部地方在住。4月生まれのおひつじ座。ひとりの時間をこよなく愛すマイペースな自由人。好きなことはとことん頑張る、興味のないことはとことん頑張らないタイプ。無気力男子と甘い溺愛の話が大好き。現在は、ケータイ小説サイト「野いちご」にて活躍中。

絵・Off（おふ）

9月12日生まれ。乙女座。O型。大阪府出身のイラストレーター。柔らかくも切ない人物画タッチが特徴で、主に恋愛のイラスト、漫画を描いている。書籍カバー、CDジャケット、PR漫画などで活躍中。趣味はソーシャルゲーム。

ファンレターのあて先

♥

〒104-0031

東京都中央区京橋1-3-1

八重洲口大栄ビル7F

スターツ出版（株）書籍編集部 気付

みゅーな**先生

この物語はフィクションです。
実在の人物、団体等とは一切関係がありません。

KEITAI
SHOUSETSU
BUNKO
SINCE 2009

無気力なキミの独占欲が甘々すぎる。
2019年10月25日 初版第1刷発行

著 者　みゅーな**
　　　　©Myuuna 2019

発行人　菊地修一

デザイン　カバー　百足屋ユウコ＋しおざわりな
　　　　　　　　　（ムシカゴグラフィクス）
　　　　　フォーマット　黒門ビリー＆フラミンゴスタジオ

DTP　朝日メディアインターナショナル株式会社

編 集　黒田麻希
　　　　伴野典子　三好技知　（ともに説話社）

発行所　スターツ出版株式会社
　　　　〒104-0031 東京都中央区京橋1-3-1　八重洲口大栄ビル7F
　　　　出版マーケティンググループ TEL03-6202-0386
　　　　（ご注文等に関するお問い合わせ）
　　　　https://starts-pub.jp/

印刷所　共同印刷株式会社
Printed in Japan

乱丁・落丁などの不良品はお取り替えいたします。上記出版マーケティンググループまで
お問い合わせください。
本書を無断で複写することは、著作権法により禁じられています。
定価はカバーに記載されています。

ISBN 978-4-8137-0780-6　C0193

読むたび何度でも恋をする…全力恋宣言！
毎月25日はケータイ小説文庫の日♥

心に沁みるピュアラブやキラキラの青春小説、
「野いちご」ならではの胸キュン小説など、注目作が続々登場！

ケータイ小説文庫　2019年10月発売

『溺愛総長様のお気に入り。』ゆいっと・著

高2の愛莉は男嫌いの美少女。だけど、入学した女子高は不良男子校と合併し、学校を仕切る暴走族の総長・煌に告白＆溺愛されるように。やがて、愛莉は煌に心を開きはじめるけど、彼の秘密を知りショックを受ける。愛莉の男嫌いは直るの!?　イケメン総長の溺愛っぷりにドキドキが止まらない！

ISBN978-4-8137-0778-3
定価：本体590円+税

ピンクレーベル

『甘やかし王子様が離してくれません。』花菱ありす・著

ましろは、恋愛未経験で天然な高校生。ある日、学校一イケメンの先輩・唯衣に落とした教科書を拾ってもらう。それをきっかけに距離が近づくふたり。ましろのことを気に入った唯衣はましろを特別扱いして、優しい唯衣にましろも惹かれていくけれど、そんな時、元カノの存在が明らかになって…？

ISBN978-4-8137-0779-0
定価：本体570円+税

ピンクレーベル

『無気力なキミの独占欲が甘々すぎる。』みゅーな**・著

ほぼ帰ってこない両親を持ち、寂しさを感じる高2の冬花は、同じような気持ちを抱えた夏向と出会う。急速に接近する2人だったが、じつは夏向は超モテ男。「冬花だけが特別」と言いつつ、他の子にいい顔をする夏向に、冬花は振り回されてしまう。でも、じつは夏向も冬花のことを想っていて…？

ISBN978-4-8137-0780-6
定価：本体570円+税

ピンクレーベル

読むたび何度でも恋をする…全力恋宣言！
毎月25日はケータイ小説文庫の日♥

心に沁みるピュアラブやキラキラの青春小説、
「野いちご」ならではの胸キュン小説など、注目作が続々登場！

ケータイ小説文庫　2019年9月発売

『イケメン同級生は、地味子ちゃんを独占したい。』＊あいら＊・著

高2の桜は男性が苦手。本当は美少女なのに、眼鏡と前髪で顔を隠しているので、「地味子」と呼ばれている。ある日、母親の再婚で、相手の連れ子の三兄弟と、同居することに！　長男と三男は冷たいけど、完全無欠イケメンである次男・万里はいつも助けてくれて…。大人気"溺愛120%"シリーズ最終巻！

ISBN978-4-8137-0763-9
定価：本体590円+税

ピンクレーベル

『クールなヤンキーくんの溺愛が止まりません！』雨乃めこ・著

高2の姫野沙良は内気で人と話すのが苦手。ある日、学校一の不良でイケメン銀髪ヤンキーの南夏(なつ)に「姫野さんのこと、好きだから」と告白されて…。普段はクールな彼がふたりきりの時は別人のように激甘に！「好きって…言ってよ」なんて、独占欲丸出しの甘い言葉に沙良はドキドキ♡

ISBN978-4-8137-0762-2
定価：本体590円+税

ピンクレーベル

『幼なじみの溺愛が危険すぎる。』碧井こなつ・著

しっかり者で実は美少女のりり花は、同い年でお隣さんの玲音のお世話係をしている。イケメンなのに甘えたがりな玲音に呆れながらもほっとけないりり花だったが、ある日突然『本気で俺が小さい頃のままだとでも思ってたの？』と迫られて……!?　スーパーキュートな幼なじみラブ！

ISBN978-4-8137-0761-5
定価：本体590円+税

ピンクレーベル

読むたび何度でも恋をする…全力恋宣言！
毎月25日はケータイ小説文庫の日♥

**心に沁みるピュアラブやキラキラの青春小説、
「野いちご」ならではの胸キュン小説など、注目作が続々登場！**

ケータイ小説文庫　2019年11月発売

『イケメン不良くんは、お嬢様を溺愛中。』涙鳴・著

由緒ある政治家一家に生まれ、狙われることの多い愛菜のボディーガードとなったのは、恐れを知らないイケメンの剣斗。24時間生活を共にし、危機を乗り越えるうちに惹かれあう二人。想いを交わして恋人同士となっても新たな危険が…。サスペンスフル＆ハートフルなドキドキが止まらない！

ISBN978-4-8137-0798-1
予価：本体500円＋税

ピンクレーベル

『お前の声が聞きたくて、仕方ないんだよ(仮)』言ノ葉リン・著

高2の仁菜には天敵がいる。顔だけは極上にかっこいいけれど、仁菜にだけ意地悪なクラスメイト・桐生秋十だ。「君だけは好きにならない」そう思っていたのに、いつもピンチを助けてくれるのはなぜか秋十で…？　じれ甘なピュアラブ♡

ISBN978-4-8137-0799-8
予価：本体500円＋税

ピンクレーベル

『中島くん、わざとでしょ(仮)』柊乃・著

はのんは、優等生な中島くんのヒミツの場面に出くわした。すると彼は口止めのため、席替えでわざと隣に来て、何かと構ってくるように。面倒がっていたけど、体調を気づかってもらったり、不良から守ってもらったりするうちに、段々と彼の本当の気持ち、そして自分の想いに気づいて……？

ISBN978-4-8137-0797-4
予価：本体500円＋税

ピンクレーベル

書店店頭にご希望の本がない場合は、
書店にてご注文いただけます。